CANTIQUES

ET CHANTS.

CANTIQUES ET CHANTS

A L'USAGE PARTICULIER

DES FILLES-DE-LA-SAGESSE.

Je vous louerai, Seigneur,...
dans la Congrégation. Ps. 210.

NANTES,

IMPRIMERIE DE VINCENT FOREST,

PLACE DU COMMERCE, 1.

1856

CANTIQUES ET CHANTS

A L'USAGE PARTICULIER

DES FILLES-DE-LA-SAGESSE (¹).

PREMIÈRE PARTIE.

CANTIQUES

Pour les Cérémonies de Vêture et de Profession.

VÊTURE.

Premier Cantique.

† Sur mon cœur je te presse,
Je te possède, ô saint habit !
Dieu Sauveur, comblez ma richesse :
Donnez-moi votre esprit !

---

(1) Les *chants* ne sont pas destinés à être chantés dans les chapelles.

O Jésus, ô bon Maître,
Modèle de toute vertu,
A vos filles faites connaître,
Comment vous-même étiez vêtu.
† Sur mon cœur, etc.

Au milieu de vos Anges,
La gloire est votre vêtement;
Et je vous vois couvert de langes,
Dieu devenu petit enfant.

Auteur de la nature,
L'or et la pourpre sont à vous;
Et, trente ans, sous une humble bure,
Vous vivez méconnu de tous.

Quand, victime innocente,
Vous vous livrez à vos bourreaux,
Sur vous, d'une pourpre insultante
Ils jettent les hideux lambeaux.

D'un roi l'orgueil impie,
Par votre silence offensé,
Du vêtement de la folie
Vous couvre comme un insensé.

La robe qu'une mère
Vous avait faite de ses doigts,
On vous l'ôte sur le Calvaire;
Vos bourreaux sur elle ont leurs droits.

Au tombeau solitaire
Où quelques amis l'ont porté,
Votre corps n'a que le suaire
Dont ils lui font la charité.

Mais, dans l'Eucharistie,
O Jésus, de quel vêtement
Se couvre, à nos yeux, votre vie !
D'une apparence seulement.

Quoi que le monde en pense,
Je veux porter en mon habit,
L'humilité, la pénitence,
La pauvreté de Jésus-Christ.

Deuxième Cantique.

+ Non, non, d'une frivole parure
L'éclat n'est plus rien pour moi ;
Pour vêtement j'ai pris l'humble bure ;
O saint habit, je ne veux que toi !

Par sa forme, il fait entendre
Qu'au monde j'ai dit adieu,
Et, par sa couleur de cendre,
Que je ne vis plus qu'en Dieu.
+ Non, non, etc.

Des lois du monde affranchie,
Je ris du qu'en dira-t-on ;
Et je n'ai plus qu'une envie :
Servir mon Dieu tout de bon.

Sainte robe nuptiale,
Qu'en ce beau jour je reçois,
Je ne vois rien qui t'égale,
Même en la pourpre des rois.

Votre richesse, ô ma Mère,
Cachée au dedans de vous,
Ne se montre tout entière
Qu'aux yeux du divin Epoux.

En moi daignez, ô Marie,
Former votre fils Jésus ;
Qu'au dehors anéantie,
Je cache en moi ses vertus.

Troisième Cantique.

† Béni soit le Seigneur !
Il nous couronne d'honneur !

Habit de la Sagesse,
Que j'ai désiré tant,
Sois mon seul ornement,
Sois toute ma richesse.
    † Béni soit, etc.

Adieu, parure vaine !
J'aimai la soie et l'or ;
Mais je préfère encor
Mon pauvre habit de laine.

Sa forme est incommode ;
Au monde il convient peu ;
Mais qu'il plaise à mon Dieu,
Voilà pour moi la mode.

Son étoffe est grossière ;
On craint sa pesanteur ;

Oh ! non, non , sur le cœur
Cette étoffe est légère.

De l'humble pénitence
S'il offre la couleur,
Il couvre le bonheur
De la douce innocence.

Sous cet habit cachée,
Je me dérobe aux yeux,
Et je goûte des Cieux
La joie anticipée.

Assistez-moi, saints Anges
Revêtus de splendeur,
De ma robe d'honneur
Célébrons les louanges.

Quatrième Cantique.

Depuis longtemps la grâce et la nature
   Se disputaient mon pauvre cœur ;
Aux mille appâts qu'offrait la créature ,
   J'ai préféré le Créateur.

† Merci , mon Dieu, d'avoir mis dans mon âme,
Le saint désir de faire un si beau choix !
Je donne tout ; mais, pour prix, je réclame
   Le bonheur de porter la croix.

Mondains, courez les vains honneurs du monde;
   Que votre nom soit exalté !

Moi , sur Dieu seul ici-bas je me fonde ;
    Ma gloire est dans l'obscurité.
       † Merci, mon Dieu, etc.

Passer ses jours au milieu des délices,
    Peut bien paraître un heureux sort ;
Moi, de l'Enfer je connais les supplices :
    Je veux n'en rien craindre à la mort.

D'autres pourront, vers les biens de la terre,
    Tourner les désirs de leur cœur ;
Moi, pour ma part, de grand cœur je préfère
    La pauvreté de mon Sauveur.

Je le sais bien, la nature ne pense
    Qu'à faire en tout sa volonté ;
Moi, j'ai compris que dans l'obéissance
    Je trouverai la liberté.

Cinquième Cantique.

Si nos cœurs sont reconnaissants,
Mes Sœurs, disons-le dans nos chants
    Sans cesse , sans cesse,
    Nous, petites enfants
      De la Sagesse !

Pour nous que le Seigneur est bon !
Qui pourrait comprendre ce don :
    Sans cesse, sans cesse,
    Habiter la maison
      De la Sagesse ?

Oh! qu'il fait beau sur ce Thabor!
Qui l'a vu, veut le voir encor
    Sans cesse, sans cesse;
  L'âme ici prend l'essor
      Vers la Sagesse.

Mon pays, reçois mes adieux ;
Je veux demeurer en ces lieux
    Sans cesse, sans cesse ;
  Où pourrais-je être mieux
      Qu'à *la Sagesse*?

Parents, amis, que nous quittons,
Si de corps nous nous séparons,
    Sans cesse, sans cesse
  Nous nous retrouverons
      Dans la Sagesse.

J'étais une enfant autrefois;
Mais du Ciel j'ai compris la voix :
    Sans cesse, sans cesse,
  Je veux suivre les lois
      De la Sagesse.

Pour faire honneur au saint habit
Que j'ai reçu de Jésus-Christ,
    Sans cesse, sans cesse,
  Je vivrai de l'esprit
      De la Sagesse.

Il faudra toujours obéir,
A moi-même il faudra mourir,
    Sans cesse, sans cesse;
  Mais qu'il fait bon souffrir
      Pour la Sagesse!

A sa suite , tous les Elus
N'ont trouvé que croix et rebuts ;
Sans cesse, sans cesse,
Je veux suivre Jésus :
C'est la Sagesse.

Si je sème ici dans les pleurs,
Au Ciel je cueillerai des fleurs
Sans cesse, sans cesse :
J'y verrai les splendeurs
De la Sagesse.

Sixième Cantique.

De ma parure, ô saints Anges,
Ne soyez point trop jaloux ;
Aidez-moi de vos louanges
A célébrer mon Epoux.

† Saint habit de la Sagesse,
O mon bonheur !
Avec respect je vous presse
Sur mon cœur.

Le Dieu qui m'avait sauvée,
A fait encor plus pour moi :
En ce jour, il m'a parée
Comme une épouse de roi.
† Saint habit, etc.

Ce vêtement est l'image
Des vœux qu'un jour nous ferons ;

Et, dans son muet langage,
Il dit ce que nous serons.

La bure veut l'indigence;
Sa forme, la chasteté;
Son poids de l'obéissance
Prêche la captivité.

Sous vous désormais cachées,
O voile mystérieux,
De la terre détachées
Nous n'aspirerons qu'aux Cieux,

Puis, viendra l'heure bénie,
Et, comme aujourd'hui nos Sœurs,
Au bon Jésus, par Marie,
Nous consacrerons nos cœurs.

PREMIÈRE PROFESSION.

Premier Cantique.

Oh! combien de fois mon ardente prière,
Appela cette heure à mes désirs si chère!
  † Jésus soit béni, béni mille fois!
  Sa main sur mon cœur a planté sa croix!

Mais quoi! puis-je encor croire à tant de richesse?...
Oui, c'est bien mon nom : *Fille-de-la-Sagesse* !
  † Jésus soit béni, etc.

A d'autres les biens, tels que le monde en donne :
J'aime cent fois mieux la croix qu'une couronne.

Pour moi cette croix est plus qu'une parure :
Elle est, pour mon âme, un trésor, une armure.

Près du Crucifix, point de peine sans charmes ;
Il sait adoucir les plus amères larmes.

Fière de ma croix, sur la terre et sur l'onde
Je veux la porter, et l'opposer au monde.

A mon dernier jour, que je serai contente
De presser ma croix sur ma bouche mourante !

Quand de sa prison s'enfuira la colombe,
Une croix de bois abritera ma tombe.

L'âme, sans trembler, abordera son juge ;
Près du tribunal est la croix son refuge.

Viens, dira Jésus, âme crucifiée,
Viens, et de ma gloire, au Ciel, sois couronnée.

Ne l'oublions pas : de légers sacrifices,
Et pour prix, un jour, d'éternelles délices !

Deuxième Cantique.

† Jésus m'a dit : Fille-de-la-Sagesse,
Viens, sur ton cœur que je place ma croix.
Et je fuirais !... non, j'en fais la promesse :
Plutôt mourir, oui, mourir mille fois !

Ah ! je le sais, notre faible nature
Veut du plaisir, elle craint la douleur ;
Mais, pour calmer son injuste murmure,
Un mot suffit : Contemple ton Sauveur.
   † Jésus m'a dit, etc.

Point de douleur qui ne puisse, au Calvaire,
Trouver sans peine un baume dans la croix :
L'eau du désert m'eût semblé trop amère ;
Pour l'adoucir, Dieu m'a donné ce bois.

Il est des croix pour toute âme chrétienne :
Mais la Sagesse a de secrets amis :
Pour eux, sa main de croix est toujours pleine ;
Jésus aux siens l'avait ainsi promis.

J'ai fait le vœu d'une humble dépendance :
Pour son amour j'en dois garder les lois ;
Lui, n'a-t-il pas porté l'obéissance
Jusqu'à la mort, à la mort de la croix ?

Il a voulu, sur sa chair innocente,
De vils bourreaux sentir la dureté ;
Moi, de souffrir je serais mécontente !
Et j'ai pourtant promis la chasteté

La pauvreté veut que mon corps travaille,
De ma sueur que j'arrose mon pain ;
Mais j'ai, pour maître, un Dieu né sur la paille,
Un Dieu vivant du travail de sa main.

O chère croix, que sur mon cœur je porte,
Comme un trésor, comme un cachet d'honneur,
Garde mon âme, et que jamais n'en sorte
L'amour des croix, l'amour de mon Sauveur !

Troisième Cantique.

† Chantons, chantons : ah ! quel beau jour !
Ah ! quel beau jour ! ah ! quel beau jour !
  La Sagesse a brisé ma chaîne ;
  J'étais esclave, je suis reine ;
  Admirez cet excès d'amour,
  Et répétons : Ah ! quel beau jour !

Oui, mon Jésus, toujours dans ma pensée
Vivra ce jour de gloire et de bonheur ;
Votre bonté, si longtemps offensée,
M'a tout remis : j'ai retrouvé mon cœur.
  † Chantons, chantons, etc. etc.

Ce cœur nouveau, Seigneur, je vous le donne,
Oh ! tout entier, sans m'en réserver rien ;
Votre saint joug vaut mieux qu'une couronne ;
Je le choisis pour mon unique bien.

Sur le Thabor, s'il faut, aimable Père,
Suivre vos pas : votre nom soit béni !
S'il faut vous suivre au sommet du Calvaire,
Je dis encore : Il est bon d'être ici !

Sous votre croix, tout mon être s'incline :
Mes pieds, mes mains, percez-les de vos clous ;
Ceignez mon front d'une cruelle épine,
Et que la lance ouvre mon cœur pour vous.

Mourir pour vivre ! Aujourd'hui je commence
A concevoir le secret de Jésus,

Riche avec rien, heureux dans la souffrance,
Trouvant sa gloire au milieu des rebuts.

Vous qu'autrefois je connus dans le monde,
Vous me pleurez comme on pleure la mort ;
Et moi je dis, dans une paix profonde :
Naufrage heureux qui m'a conduite au port !

Jusqu'à la fin Jésus aima sa mère,
Et cependant il la quitta pour Dieu ;
Rien tant que vous ne m'est cher sur la terre,
Et cependant : adieu, parents, adieu !

A vous, mes Sœurs, ma famille nouvelle,
Salut ! salut ! salut ! gloire ! bonheur !
A vous aimer la Sagesse m'appelle,
Je sens en moi que je suis votre sœur…

Quatrième Cantique.

Douze beaux mois se sont enfuis,
Depuis que Dieu me fit novice ;
Mes jours d'épreuve sont finis :
Je viens d'offrir mon sacrifice.

† Quelle faveur !
O quel bonheur !
O mon Sauveur,
Que je suis donc heureuse !
Enfin j'ai trouvé le repos.
Qu'ils sont beaux
Ces trois mots :
Je suis Religieuse !

O cher Noviciat, jamais
Ne sortira de ma mémoire
Le souvenir de vos bienfaits :
C'est à vous que je dois ma gloire.
    † Quelle faveur, etc.

Je n'attends plus qu'un mot de Dieu,
Pour aller par toute la France ;
Pour aller remplir, en tout lieu,
Les ordres de l'obéissance.

Si parfois, le long du chemin,
Je sentais que mon pied se lasse,
Je répèterais le refrain
De ce jour de gloire et de grâce :

Quand, sous l'étendard de la croix,
J'aurai combattu cinq années,
Je reviendrai, mais cette fois
Pour dire avec mes Sœurs aînées :

    Quelle faveur !
    O quel bonheur !
    O mon Sauveur,
Que je suis donc heureuse !
Pour toujours je suis en repos :
    Qu'ils sont beaux
    Ces deux mots :
Toujours Religieuse !!!

Cinquième Cantique.

Chrétiens, contemplez mon bonheur :
La croix repose sur mon cœur !
Après bien des soupirs, j'ai trouvé la Sagesse !

† Admirez ma richesse :
La croix repose sur mon cœur !

Pour célébrer cette faveur,
Du Ciel que n'ai-je la ferveur !
Venez, Anges, venez aider mon allégresse.
† Admirez, etc.

Qu'avais-je donc fait au Seigneur,
Pour mériter un tel honneur ?
Quoi ! c'est moi qu'en ce jour Jésus traite en princesse !

La croix, noble signe d'honneur,
Des guerriers marque la valeur ;
Mon âme, avec la croix, ne sent plus de faiblesse.

Qu'à mes yeux le monde imposteur
Fasse briller son faux bonheur ;
Moi, la main sur ma croix, je redirai sans cesse :

Si parfois du joug du Seigneur
Je ressens trop la pesanteur,
Je me rappellerai ce chant de ma jeunesse :

Chère croix, fais toujours honneur
A qui te posa sur mon cœur ;
Dis toujours, quel que soit l'ennemi qui me presse :

A suivre les pas du Sauveur
Toujours je mettrai mon bonheur ;
Anges saints, dans les Cieux inscrivez ma promesse.

Sixième Cantique.

O croix de mon Sauveur Jésus,
Viens reposer sur ma poitrine ;
Pour toi je laisse tout, ô richesse divine ;
C'est toi, toi que je veux, je ne veux rien de plus.

† Oui, cette croix de la Sagesse
Pour notre part nous la prenons ;
Qu'au Ciel monte notre promesse :
Jésus, pour vous seul nous vivrons !

Je sens bien palpiter mon cœur,
Sous le couteau du sacrifice ;
La nature voudrait écarter le calice ;
Mais Dieu ne le veut pas ; Dieu sera le vainqueur.
† Oui, cette croix, etc.

Après tout, qu'importe, ici-bas,
Un peu plus, un peu moins de charmes?
Sur cette terre est-il quelque plaisir sans larmes?
Puis tout, joie et douleur, qu'est-ce au jour du trépas?

Je veux donc ne devoir mon pain
Qu'aux durs travaux de l'indigence ;
Je veux garder toujours mon cœur dans l'innocence,
Et toujours me laisser conduire par la main.

Jésus, c'est vivre encor pour vous
Que de travailler pour vos frères :
Vous parlerez, et nous, pour soigner leurs misères ,
Nous partirons, chantant : C'est la voix de l'Epoux !

Puis, quand viendra le jour heureux,
Où Dieu donnera la victoire,
Ce refrain qui nous guide, ici-bas, à la gloire,
Nous le répèterons , en entrant dans les Cieux.

Septième Cantique.

Nos vœux sont satisfaits : qu'une sainte allégresse
Elève jusqu'au Ciel nos cœurs reconnaissants ;
Qu'à nos cœurs notre voix prête ses plus doux chants :
Grâce à Dieu, nous voici *Filles-de-la-Sagesse !*

+ O parure divine,
Que je désirais tant !
O croix, sur ma poitrine
Repose doucement !

On me l'avait bien dit : Jésus toujours pardonne
Au cœur longtemps ingrat qui sait se repentir ;
Mais pouvais-je espérer qu'il voudrait me choisir,
Pour poser sur mon front sa royale couronne ?
+ O parure, etc.

Parlez, Jésus, parlez ; notre cœur vous écoute ;
Nous ne prétendons point payer tous vos bienfaits ;
Mais du moins nous voulons ne vous trahir jamais,
Et vous servir toujours, toujours quoi qu'il en coûte.

Se renoncer en tout , et vous suivre au Calvaire :
Voilà, nous le savons, l'abrégé de vos lois ;
Eh bien ! trois chaînes d'or nous tiendront à la croix :
Voilà, Seigneur, comment nous espérons vous plaire.

De mon cœur inconstant si jamais la faiblesse
Se plaignait de porter le joug de votre amour,
Je lui dirais : Mon cœur, souviens-toi de ce jour,
Où tu reçus joyeux la croix de la Sagesse.

Huitième Cantique.

Longtemps dans ses erreurs
Nous suivîmes le monde ;
Longtemps sa nuit profonde
S'étendit sur nos cœurs.
Mais, grâce à votre amour,
Seigneur, sur notre tête
La lumière s'est faite :
Nous avons vu le jour.

† Monde, nos cœurs ont fait leur choix ;
Entends le cri de leur victoire :
A toi l'or, le plaisir, la gloire !
   A nous, à nous la croix !!!

Satisfaire nos sens
Et jouir de la vie,
Fut aussi notre envie :
Nous étions des enfants.
Tout nous semblait du miel ;
Mais, espérance vaine !

Cette coupe si pleine
Etait pleine de fiel.
   † Monde, nos cœurs, etc.

Je ne manque de rien,
A dit l'heureux du monde ;
Car sur l'or tout se fonde :
Avec l'or j'ai tout bien.
Mais qu'est-ce qu'un trésor
Dont la mort nous dépouille,
Et que détruit la rouille ?
Gardez, gardez votre or.

Brûlante du désir
De plaire aux créatures,
Une autre, en ses parures,
Cherche, hélas ! son plaisir.
Tristes amusements !
Que peut toute la terre
Pour guérir la misère
Qui la ronge au-dedans ?

O croix de mon Sauveur,
O croix, chaire divine,
Devant vous je m'incline :
Vous parlez à mon cœur.
Gloire dans le mépris,
Bonheur dans la souffrance,
Trésor dans l'indigence,
Mon cœur vous a compris.

Neuvième Cantique

† Jour de bonheur !
A servir le Seigneur
J'ai consacré mon cœur !

O joug rempli de charmes !
O fardeau précieux !
O Dieu, de douces larmes
Vous remplissez mes yeux.
C'est porter la couronne
Que s'appauvrir pour vous ;
C'est vivre sur un trône
Que vivre à vos genoux.
      † Jour de bonheur, etc.

La nature sans doute
N'aime pas à souffrir ;
Jamais, sans qu'il en coûte,
Le cœur ne peut mourir.
Mais de moi la Sagesse
A daigné faire choix ;
Moi, pour toute richesse,
J'ai pris, j'ai pris sa croix.

Sur la branche qui plie,
Voyez-vous cet oiseau ?
Un instant il s'appuie
Pour voler de nouveau.
Ainsi pour moi la terre
N'a point de propre lieu,
Et, d'une aîle légère,
Je vole où veut mon Dieu.

Ce pauvre en sa misère
A mes soins a recours ;
En Jésus c'est mon frère ;
Je vais à son secours.
Ce malade m'implore ;
Que veut cet étranger ?
Mais c'est Jésus encore ;
Je cours le soulager.

Et ces captifs qui pleurent,
Qui les consolera ?
Et ces enfants qui meurent,
Qui les recueillera ?
C'est moi, moi dont la grâce
A dilaté le cœur,
Moi dont le jour se passe
A servir le Seigneur.

De ce temps qui s'envole
Qu'ai-je à craindre en chemin ?
Mon cœur a pour boussole
Le bon plaisir divin.
Puis, si comme une flamme
Le temps est agité,
Pour son repos mon âme
Aura l'éternité.

Dixième Cantique.

POUR LE JOUR DE LA PURIFICATION.

Siméon, des mains de Marie,
Sur vos bras recevant Jésus,
Chantez : Je ne veux rien de plus ;
En paix je quitterai la vie.

† Moi, je n'avais qu'un seul désir :
Voir briller sur mon cœur la croix de la Sagesse ;
Vous avez comblé ma richesse ;
Mon Dieu, je n'ai plus qu'à mourir !

O vous qu'abuse encor le monde,
Cent désirs troublent votre cœur,
Stériles désirs d'un bonheur
Qui sur la poussière se fonde.
    † Moi, je n'avais, etc.

Pour vivre content sur la terre,
A l'avare il faudrait de l'or :
Il amasse, il amasse encor,
Et rien ne peut le satisfaire.

De l'orgueil la triste folie
Séduit le cœur ambitieux :
La gloire est l'objet de ses vœux,
Gloire vaine et sitôt flétrie !

Dans les plaisirs, pour leur ruine,
D'autres ont cherché le bonheur ;
Leurs yeux n'y voyaient qu'une fleur ;
Mais la fleur cachait une épine.

Oh ! loin de moi, richesses vaines,
Faux honneurs, triste liberté !
De mon humble captivité
Cent fois je préfère les chaînes.

Mourir ! ah ! pour l'âme fidèle,
Qu'il est beau ce mot, qu'il est doux !
Mourir ! c'est aller à l'Époux !
Mourir ! c'est la vie éternelle !

DERNIÈRE PROFESSION.

Premier Cantique.

Tout est fini ! De mes jours de novice
    J'ai vu se terminer le cours ;
J'ai consommé mon dernier sacrifice :
    C'est pour toujours, oui, pour toujours !

† Quoi donc ! toujours faudra-t-il que je pleure ?
N'est-il pour moi plus de félicité ?
Non , non , *toujours* ici-bas n'est qu'une heure ;
    Dans le Ciel, c'est l'éternité.

Tout est fini ; car à tout ce que j'aime
    J'ai pour toujours préféré Dieu ;
Je ne suis plus à la terre, à moi-même ;
    Au monde entier j'ai dit adieu.
    † Quoi donc ! etc.

Tout est fini ! Désormais la Sagesse
    Seule sur mon cœur a des droits ;
Sa pauvreté fait toute ma richesse,
    Et mon bonheur est dans sa croix.

Tout est fini ! Les lieux où de la vie
    Le premier rayon m'éclaira,
Ne sont plus rien ; je pars, et ma patrie
    Est où Jésus m'appellera.

Tout est fini ! Dans quelque lieu que brille
L'étendard de la charité,
J'y cours, j'y vole, et je vois ma famille
Où je vois quelque infirmité.

Tout est fini ! Vienne l'heure dernière,
De mon départ signal béni,
Je chanterai, m'élevant de la terre :
Tout est fini ! tout est fini !

Deuxième Cantique.

De mes désirs assez longtemps
La sainte ardeur fut enchaînée ;
Enfin les serments d'une année
Font place à d'éternels serments,

† J'ai pris la croix pour mon heureux partage :
A la porter, avec votre secours,
Mon Dieu, pour toujours je m'engage,
Oui, pour toujours ! oui, pour toujours !

J'eus voulu, dès le premier jour,
Rendre éternelle ma promesse :
Commence, me dit la Sagesse,
Fais l'épreuve de ton amour.
   † J'ai pris la croix, etc.

Hélas ! mon orgueil ignorait
Combien grande était ma misère ;
A peine s'ouvrait la carrière,
Que déjà mon pied chancelait.

Parfois, le cœur déconcerté,
J'allais regarder en arrière :
Essaie encore, puis espère,
Me dit Jésus avec bonté.

Allons, mon cœur, jusqu'à la fin ;
Reprenons un nouveau courage ;
O Dieu, couronnez votre ouvrage,
A votre enfant tendez la main.

Vous l'avez tendue, ô Jésus,
La main entre toutes bénie :
C'est votre mère, c'est Marie ;
Avec elle je ne crains plus.

Doux Sauveur, grâce à vos bienfaits,
Grâce aux soins de ma bonne Mère,
Aujourd'hui ma joie est entière :
Plus de terme ! c'est pour jamais !

Troisième Cantique.

Mon cœur à ces jours se reporte,
Où pour la Sagesse il s'offrit :
Je frappai longtemps à la porte ;
Pour moi la porte enfin s'ouvrit.

† O Sagesse, ô mère chérie,
Le Ciel a reçu mon serment :
A vous mon cœur ! à vous ma vie !
Pour toujours je suis votre enfant !

C'était trop peu d'être reçue,
Dans ces lieux remplis de douceurs,
Si je n'étais aussi vêtue,
Comme l'étaient toutes mes Sœurs.
    † O Sagesse, etc.

Mais un désir insatiable
Me disait: C'est encor trop peu ;
Point de bonheur bien véritable,
Que tu ne sois vouée à Dieu.

Dans la maison de la Sagesse.
C'est déjà comme dans les Cieux :
On aime Jésus, et sans cesse
On voudrait l'aimer encor mieux.

Non, plus de vœux pour une année !
Une année a trop peu de jours ;
Une année est trop tôt passée ;
Des vœux, oui, des vœux pour toujours !

Quatrième Cantique.

Seigneur Jésus, vous m'avez appelée ;
Vous m'avez dit : Sois à moi pour toujours !
— Je le veux bien : j'en suis trop honorée,
Et j'y tiendrai, grâce à votre secours.

† Quoi ! je pourrais, pour ce monde qui passe,
Garder en moi d'indignes regrets !
J'oublierais les dons de votre grâce !
Jamais, mon Dieu ! non , jamais ! jamais !

Pour soutenir l'honneur de ma noblesse,
Si Dieu ne m'aide, hélas! je ne puis rien;
Je le comprends : *Fille-de-la-Sagesse,*
Ce nom suppose un cœur deux fois chrétien.
    † Quoi! je pourrais, etc.

Toute une vie! oh! dans cette durée
Que de combats, de combats imprévus!
J'ai fait des vœux sans en voir la portée;
Mais pas à pas je suivrai mon Jésus.

Dans cette route où la grâce m'appelle,
Si chaque jour amène des combats,
Eh bien, tant mieux! Le Dieu toujours fidèle
Doit me payer cent fois dès ici-bas.

Puis, quand la mort fermera ma carrière,
Dieu me dira : Ma fille, pour ton prix,
Dis, que veux-tu, du Ciel ou de la Terre?
Moi je dirai : Je prends le Paradis!

Cinquième Cantique.

C'en est fait, pour toujours à la Terre
Mon cœur vient de faire ses adieux;
Loin de moi fuis, bonheur éphémère,
Désormais mon âme est dans les Cieux.

† Toujours, toujours, ô Sagesse éternelle,
Toujours, toujours, j'en ai fait le serment,
    Oui, toujours je vous serai fidèle!
    Oui, toujours je serai votre enfant!
    Ah! plutôt que ma langue glacée

Dès ce jour s'attache à mon palais ;
Que je meure, ô Mère bien-aimée,
Si je dois vous oublier jamais !

Ici-bas, dans sa folle inconstance,
Notre cœur est toujours agité ;
Dans mes vœux captive en apparence,
J'y repose avec tranquillité.
        † Toujours, toujours etc.

Sur un lit, lorsque la maladie
Etendra mes membres languissants,
Trouverai-je, en voyant fuir la vie,
Que mes vœux ont duré trop longtemps ?

Quand du Ciel s'offriront les délices,
Heureuse de ma fidélité,
Je dirai : Plus d'autres sacrifices,
Et j'ai Dieu, Dieu pour l'éternité !

Sixième Cantique.

Trois fois heureux le cœur qui, dès l'enfance,
Pour son partage a choisi le Seigneur :
Autour de lui tout n'est rien que souffrance ;
Lui va toujours de bonheur en bonheur.

† Chantez, chantez vos hymnes d'allégresse,
Vierges du Ciel, cortège de l'Agneau ;
Moi, sur la terre, en suivant la Sagesse,
Je dis aussi : Que mon partage est beau !

J'étais heureuse au lieu qui me vit naître,
Près d'une mère en est-il autrement?
Mais, quand à lui m'appela le bon Maître,
Je quittai tout, le cœur encor content.
    † Chantez, chantez etc.

Noviciat, ta sainte et douce vie
Me paraissait le comble du bonheur;
Et cependant, quand vint l'heure bénie,
Je dis à Dieu : Disposez de mon cœur.

Tant qu'aux travaux de la charité sainte,
Loin de ces lieux, je consacrai mes bras,
Le souvenir de cette heureuse enceinte
Sur mon exil répandit des appâts.

Et maintenant qu'une divine chaîne
Vient pour toujours de m'attacher à vous,
Dites, mon Dieu, si je ne suis pas reine,
Moi qui du Ciel ai le Roi pour époux.

CANTIQUES POUR L'ÉLÉVATION,

LES JOURS DE CÉRÉMONIE.

Premier Cantique.

† Gloire, amour au Prêtre éternel,
Qui tout ensemble est notre hostie !
Gloire, amour au Prêtre éternel,
Qui s'offre pour nous sur l'autel !

O Jésus, que le sacrifice
Que j'offre en ce jour bienheureux,
A votre offrande ici s'unisse,
Avec elle s'élève aux Cieux.
  † Gloire, amour etc.

Vous-même à la croix du Calvaire
Vous vous attachâtes pour nous ;
Les vœux que je viens de vous faire,
Sont pour mon cœur autant de clous.

De cet esprit de sacrifice
Que, chaque jour, un trait nouveau
Aille mêler au saint calice
Une petite goutte d'eau !

Puisse sur l'autel du martyre,
Le feu toujours être allumé,
Jusqu'à l'heure où je pourrai dire :
Gloire à Dieu ! *Tout est consommé !*

Deuxième Cantique.

Jésus, ô salutaire hostie
Par qui les Cieux nous sont ouverts,
Contre la fureur des Enfers,
Daignez défendre notre vie !

† Prenez nos cœurs ; ils sont à vous ;
O doux Jésus, bénissez-nous !

Gloire à vous, ô Pasteur fidèle,
Dont ici la chair nous nourrit !
Au Père, au Fils, au Saint-Esprit,
Gloire dans la vie éternelle !
   Prenez nos cœurs, etc.

Troisième Cantique.

Du prêtre la parole
A monté jusqu'au Ciel :
Pour nous Jésus s'immole ;
Le voici sur l'autel.

† Elles aussi, sur ce Calvaire,
Vos enfants viennent de s'offrir :
Ah ! de grâce, adorable Père,
Tendez la main pour les bénir !

O divin sacrifice !
O froment des Elus !
O précieux calice,
Plein du sang de Jésus !
   † Elles aussi, etc.

D'ici jusqu'en la gloire
La joie a rejailli ;
Et le saint Purgatoire
D'espoir a tressailli.

SECONDE PARTIE.

CANTIQUES ET CHANTS

sur la

Vie religieuse et sur ses différentes circonstances.

APPROBATION APOSTOLIQUE

DE LA CONGRÉGATION DE LA SAGESSE.

Montfort, un jour, abandonnant la France,
Prit le bâton du pauvre pélerin.
Que cherchait-il? Quelle riche espérance
Le soutenait tout le long du chemin?

† A toi mon cœur, sainte Eglise Romaine !
Esquif sacré, qui me conduis au port,
Je tiens à toi par une double chaîne,
Comme chrétien, comme enfant de Montfort !!

Il allait mettre entre les mains de Pierre,
Ce qu'il était, ce qu'il portait en lui ;
Et, par avance, à l'immobile pierre
Son œuvre allait demander un appui.
    † A toi mon cœur, etc.

Croissez : ce mot du Créateur au monde
Est le secret de sa fertilité ;
Allez, dit Pierre, et cette voix féconde
Fut dans Montfort une paternité.

Il tombera dans sa noble carrière,
Et de son œuvre on dira : C'est fini !
Mais regardez : toute *une pépinière*
Couvre ce champ que le Ciel a béni !

Croissez, croissez, ô famille chérie ;
Oui, mais toujours sachez vous souvenir
Où fut pour vous la source de la vie :
Conçue à Rome, à Rome il faut tenir.

Souvenez-vous du saint pélerinage,
Et de Montfort reprenez le chemin ;
Allez à Pierre, allez lui faire hommage
De ce centuple, heureux fruit d'un bon grain.

Je vous approuve, a dit avec tendresse
Celui qui seul ne peut jamais faillir ;
Courage, enfants ! Sur vous j'aurai sans cesse
L'œil pour veiller, et la main pour bénir.

CANTIQUE POUR LE POSTULAT.

Gloire à Dieu mille fois !
J'ai trouvé la Sagesse ;
Mon cœur, redis sans cesse :
Gloire à Dieu mille fois !

Dès mes premiers pas dans la vie,
Je pouvais trouver mon tombeau ;
  Mais Jésus et Marie
  Veillaient sur mon berceau.
    † Gloire à Dieu, etc.

Dans les eaux saintes du Baptême,
Quels dons précieux je reçus !
  J'eus pour père Dieu même,
  Et pour frère Jésus.

Mais, ô malheur de mon enfance !
Bientôt j'offensai le Seigneur,
  Et la belle innocence
  S'exila de mon cœur,

Dieu va-t-il combler ma misère ?
Va-t-il sonner mon dernier jour ?
  Non, Jésus est mon frère ;
  J'espère en son amour.

Il parle ce Dieu charitable :
Mon âme renaît à sa voix ;

Il m'admet à sa table
Pour la première fois.

D'une juste reconnaissance
Trop tôt j'oubliai les devoirs ;
    O triste adolescence,
    Que tes jours furent noirs !

La feuille, de l'arbre arrachée,
Se laisse aller au gré des vents ;
    Moi, de Dieu détachée,
    Qu'ai-je fait bien longtemps !

Où me conduira ma folie ?
Grand Dieu ! j'en frissonne d'effroi !
    O ma mère, ô Marie,
    Ayez pitié de moi !

Sur l'océan, divine Etoile,
Quand tout semblait vouloir ma mort,
    Vous dirigiez ma voile
    Doucement vers le port.

Vers cette sainte solitude,
Où m'attendait tant de bonheur,
    Votre sollicitude
    De loin tournait mon cœur.

O bonheur ! La chaîne est brisée !
Marie, oh ! gloire ! gloire à vous !
    L'esclave délivrée
    Vous bénit à genoux.

CHANT POUR LE POSTULAT.

† Je cherche la vie
De Jésus en Marie ;
Joseph, je vous prie,
Montrez-moi le chemin.
Puis, daignez sans cesse,
Soutenir ma faiblesse,
Et, vers la Sagesse,
Me guider par la main.

Du Fils et de la Mère
O vous le noble chef,
Soyez aussi mon père,
Sur moi veillez, Joseph.
† Je cherche, etc.

Loin de votre patrie,
Pour Dieu vous avez fui ;
Pour Jésus et Marie,
Je l'ai quittée aussi.

Aux lieux de mon enfance,
Oui, j'ai fait mes adieux ;
Gardez mon inconstance
D'y reporter les yeux.

Joseph, votre humble fille
Ne veut point vous quitter ;

Non, dans votre famille
Elle veut habiter.

Chez vous, point de richesse ;
Là, rien que des vertus ;
Mais je veux la Sagesse,
Je ne veux rien de plus.

O l'éloquent silence !
Jésus y parle au cœur ;
O l'heureuse indigence !
Rien n'y manque au bonheur.

Vous connaissez Marie,
Vous connaissez Jésus ;
A mon âme attendrie
Vous direz leurs vertus.

Moi, quand dans mon délire
J'aurai fait un faux pas,
Je viendrai vous le dire,
Vous le dire tout bas.

Et vous sur ma faiblesse
Etendant votre bras,
Vous direz : La Sagesse
Est le prix des combats.

Eh bien ! cette couronne
Je veux la conquérir ;
A votre main si bonne,
J'espère un jour l'offrir.

CHANT POUR LE PREMIER NOVICIAT.

A quitter le rivage
Quand Dieu nous appela,
Il dit : Vienne l'orage,
Mes Anges seront là.

† Ah! de vos blanches aîles
Abritez-nous toujours!
De nos frêles nacelles,
Anges, guidez le cours!

Vos mains ont tenu l'onde
Calme jusqu'à présent;
Nous avons, loin du monde,
Vogué tranquillement,
  † Ah! de vos blanches etc.

Mais les vents sont mobiles;
Tout peut vite changer;
Et nos barques fragiles
Redoutent le danger.

Le ciel, sur notre tête,
Commence à s'obscurcir;
Déjà de la tempête
J'entends la voix mugir.

Ce flot qui sur la grève
Arrivait caressant,

Voici qu'il se soulève
D'orgueil tout écumant.

Puis, la vague orgueilleuse
Retombe avec fracas ;
La crainte à son tour creuse
L'abîme sous nos pas.

Jouet des vents contraires,
Dans sa marche incertain,
A travers ses misères,
Le cœur perd son chemin.

Mais, grâce à vous, l'orage
Va nous quitter bientôt :
Moins noir est le nuage,
Et plus calme est le flot.

Mes Sœurs, dans l'allégresse,
Mettons voiles au vent ;
Au port de la Sagesse
Arrivons en chantant.

AUTRE CHANT POUR LE PREMIER NOVICIAT.

† Bonne Marie,
Mère chérie,
Ce Noviciat est à vous ;
Bonne Marie,
Mère chérie,
Régnez, régnez, régnez sur nous !

Dans l'école de la Sagesse,
Vous avez la place d'honneur;
Autour de vous notre jeunesse
Veut se presser près du Sauveur.
† Bonne Marie, etc.

Nous le savons : il n'est qu'un Maître,
Qu'un vrai modèle des vertus;
Qui mieux que vous sut le connaître,
Première élève de Jésus?

Venez en notre heureuse école;
Montrez-nous comment du Seigneur
On doit entendre la parole,
On doit la garder en son cœur.

Vous expliquerez d'un sourire
Ce que nous ne comprendrons pas;
Ce que nous-mêmes devrons dire,
Votre œil nous le dira tout bas.

Vous verrez que, par notre zèle
A profiter de vos leçons,
Comme vous, ô Vierge fidèle,
Au divin Maître nous plairons.

Puis, quand pour nous de la victoire
Les jours seront enfin venus,
Nous vous consacrerons la gloire
Des prix que donnera Jésus.

CHANT POUR LE SECOND NOVICIAT.

O vous qui, près de cette image,
Venez vous asseoir un instant,
Ecoutez le muet langage
De ce vieillard, de cet enfant.

† Par Joseph je vous en supplie:
Enfant Jésus, oh ! parlez-nous ;
Oui, parlez-nous de cette vie
Qui ne voit et ne veut que vous.

Dans ce noble et saint patriarche,
Tout est pauvre et simple au dehors ;
Mais, sur son bras, repose l'arche
Qui renferme tous les trésors.
   † Par Joseph, etc.

Comme il écoute avec silence,
Avec respect, avec bonheur !
Sous les voiles de l'humble enfance,
Il reconnaît le vrai Docteur.

Du monde entier, pour le distraire,
Les efforts seraient superflus ;
A tous les trésors il préfère
Une parole de Jésus.

Aussi combien ce Jésus l'aime !
Comme il lui parle cœur à cœur !

O Joseph, le Séraphin même
A-t-il, au Ciel, plus de bonheur?

Pour celui qu'il nomme son père,
Le Sauveur n'a point de secrets;
Il lui révèle le mystère
Des biens qui ne passent jamais.

A soi-même mourir sans cesse,
Etre doux, être humble de cœur:
C'est la leçon de la Sagesse,
C'est la route du vrai bonheur.

O Joseph, puissé-je moi-même
Bien apprendre cette leçon,
Et mettre mon bonheur suprême
A chercher la perfection!

CANTIQUE POUR LA RETRAITE DU MOIS.

Encore un mois qui sur notre âme
Du Ciel a semé les faveurs;
Aujourd'hui, le Maître réclame
Les fruits qu'ont dû porter nos cœurs.

† Ame, songe à ta grande affaire;
Te voici comme entre deux mois:
Qu'as-tu fait, et que vas-tu faire?
Ame, réponds à ces deux voix.

Dans ma retraite précédente
Je pris des résolutions;

Ai-je été toujours bien fervente
Pour en faire les actions ?
   † Ame, songe etc.

Si j'ai tenu quelque promesse
Qu'alors en mon cœur j'écrivis,
C'est que Dieu soutient ma faiblesse,
Et, dans ce jour, je l'en bénis.

Mais, si j'ai, dans mon inconstance,
Négligé tous mes saints projets,
Dès ce jour, quelque pénitence
En témoignera mes regrets.

Ce mois que m'offre encor la grâce
Pour réparer le mois qui fuit,
Je ne veux point qu'aussi lui passe
Sans produire en moi quelque fruit.

Dans mon cœur je dois par avance
Fuir le mal, pratiquer le bien,
Et, dès ce jour, avec prudence
En bien préparer le moyen.

O vous Marie, ô vous bon Ange,
O vous de ce mois saints Patrons,
Daignez faire que rien ne change
Mes bonnes résolutions !

CHANT DE PROMENADE.

Souveraine chérie
De cet heureux séjour,
Bonne Vierge Marie,
Donnez-nous un beau jour !
† Oh ! donnez, donnez un beau jour !

Notre céleste Père
Veut que, dans ce séjour,
Nous venions nous distraire :
Donnez-nous un beau jour !
   † Oh ! donnez, etc.

Que toujours la Sagesse
Règne sur ce séjour !
Gardez notre jeunesse ;
Donnez-nous un beau jour !

Au ciel point de nuages
Sur ce béni séjour !
Dans les cœurs point d'orages !
Donnez-nous un beau jour !

Notre âme, avec les Anges
Qui gardent ce séjour,
Vient chanter vos louanges ;
Donnez-nous un beau jour !

Ce soir, encore heureuses
De quitter ce séjour,

Nous chanterons joyeuses :
Oh ! merci de ce jour !
† Oh ! merci, merci de ce jour !

CHANT DE DÉPART.

Bientôt la voix du divin Maître
Nous dira : Partez, aussi vous ;
Allez au loin faire connaître
Combien mon esclavage est doux.

† Partons, la charité nous presse :
Allons du Ciel répandre les bienfaits ;
Mais ne crains pas, maison de la Sagesse,
Nous ne t'oublierons jamais :
Non, non, non, non, jamais ! jamais ! jamais !

T'oublier ! toi qui m'as reçue,
Comme on recueille un pauvre enfant ;
Toi qui, dès que je t'eus connue,
Rendis enfin mon cœur content.
† Partons, etc.

T'oublier ! ô sainte demeure,
Noviciat, béni séjour,
Où le jour ne semblait qu'une heure,
Où le mois ne durait qu'un jour.

T'oublier ! oh ! de ma mémoire
Il pourrait donc, un jour, sortir
Ce beau soir où, pleine de gloire,
Je dis : Mon Dieu, je veux mourir !

T'oublier ! chapelle pieuse,
Où je vins prier tant de fois,!
Où tant de fois, convive heureuse,
Je m'assis près du Roi des rois?

T'oublier ! chère solitude !
Tes arbres, tes rochers, tes eaux,
A mon indigne ingratitude
Ne laisseraient aucun repos.

T'oublier ! c'est ici qu'un Père
Devant Dieu pense à mon bonheur ;
C'est ici qu'habite ma Mère ;
D'ici puis-je arracher mon cœur ?

T'oublier ! ah ! de sa lumière
Que le soleil privé mes yeux ;
Que sous mes pieds cède la terre,
Mais que toujours j'aime ces lieux !

AUTRE CHANT DE DÉPART.

Je pars : l'obéissance
M'appelle en d'autres lieux ;
Je vais courir la France,
Recevez mes adieux.
† Oui, va, ma pauvre fille, sans crainte , sans crainte ;
Oui, va, ma pauvre fille,... à la garde de Dieu !

Je ne sais pas la route ;
Qui me la montrera ?
Par un Ange, sans doute,
Le Ciel me guidera.
† Oui, va, ma pauvre fille, etc.

Que de bourgs et de villes
Il faudra traverser !
Aux endroits difficiles,
Dieu viendra me passer.

Des dangers de la route
Les autres ont frayeur ;
Moi, je prie, et j'écoute ;
Jésus me dit au cœur :

La voiture se brise,
La barque coule à fond ;
Moi, je reste soumise
Au Ciel, qui me répond :

Ni l'Enfer, ni la Terre
Ne me causent d'effroi ;
Car Marie est ma mère :
Elle aura soin de moi.

De mon pélerinage
Quand le terme viendra,
Pour son dernier voyage
Mon âme partira.

Viens, me dira, j'espère,
Jésus mon doux Sauveur,

Viens goûter de mon Père
La gloire et le bonheur.
Oui, viens, heureuse fille, sans crainte, sans crainte,
Oui, viens, heureuse fille,... à la gloire de Dieu !

AUTRE CHANT DE DÉPART.

— — —

† Nous partons ; mais sans cesse
Vers toi tendront nos bras ;
Maison de la Sagesse,
Nous ne t'oublierons pas !
Dieu le veut ! En ces lieux, de biens il vous combla ;
Enfants faibles encor, sa main vous caressa.
† Nous partons, etc.

Dieu le veut ! Oh ! sans doute, il est doux ce Thabor ;
Mais de s'y reposer il n'est pas temps encor.

Dieu le veut ! N'a-t-il pas plein empire sur vous ?
Sur vos cœurs est écrit : *Tout pour lui, rien pour nous !*

Dieu le veut ! Du Sauveur les biens sont méconnus ;
Vous qui le connaissez, allez prêcher Jésus.

Dieu le veut ! Allez donc, dociles à sa voix,
Loin, bien loin de ces lieux, partout porter la Croix.

Dieu le veut ! Oh ! voyez ces pauvres, ces enfants :
Comme ils tournent vers vous leurs regards suppliants !

Dieu le veut ! Hâtez-vous ; là-bas sont des pécheurs,
Et Jésus vous attend pour convertir leurs cœurs.

Dieu le veut ! S'il est bon de se cacher ici,
Aller combattre au loin, c'est un bonheur aussi.

Le moment est venu ; Dieu le veut ! nous partons ;
Lieux chéris de nos cœurs, adieu ! nous vous quittons.

CHANT DE COMMUNAUTÉ.

A d'autres les biens de la Terre,
Ces biens toujours mêlés de maux ;
Moi, j'aime en ces lieux solitaires,
A faire redire aux échos :

† *Fille-de-la-Sagesse !*
C'est le nom le plus beau, la plus noble richesse !

Laisse tes parents, ta patrie,
Suis-moi, ma fille, a dit Jésus ;
Je le promets : dès cette vie,
Tu retrouveras cent fois plus.
† Fille-de-la-Sagesse , etc.

De Dieu la parole est fidèle :
Tous les biens sont venus à moi.
Salut , ma famille nouvelle !
Mon cœur, fais place, élargis-toi !

Des cœurs ô touchante alliance !
Voyez ces Sœurs, partout là-bas,
D'un bout à l'autre de la France,
Comme elles me tendent les bras !

Saint-Laurent, tes rives si belles
Sont le centre de tous leurs cœurs ;
J'ai là, se dit chacune d'elles,
Mon Père, ma Mère et mes Sœurs.

Oui, de la Belgique à l'Espagne,
On te bénit, sainte maison ;
De la Provence à la Bretagne,
Mille voix redisent ton nom.

AUTRE CHANT DE COMMUNAUTÉ.

Sion jadis, vers son enceinte,
Voyait monter tous ses enfants ;
Nous aussi, mes Sœurs, par nos chants,
Célébrons notre cité sainte.

† Bénie à jamais la maison
De la Sagesse notre mère !
A nos âmes, sainte Sion,
Toujours, toujours tu seras chère !

Sur les écueils de la jeunesse,
J'allais, hélas ! trouver la mort !
A mes yeux apparut ce port ;
J'y mis à l'abri ma faiblesse.
   † Bénie à jamais, etc.

Sanctuaire si plein de charmes,
Où Dieu m'apprit à le servir,
Noviciat, ton souvenir
Remplit encor mes yeux de larmes.

Aux parures de la jeunesse,
Là, de grand cœur, je dis adieu ;
Pour prix, je reçus de mon Dieu
Le saint habit de la Sagesse.

Peut-il sortir de ma pensée
Ce beau soir, où près de la Croix,
Je dis, pour la première fois :
A mon Dieu je suis enchaînée !

Vous le savez, Sœurs bien-aimées,
Vous qui partagiez mon bonheur,
Ce jour passé près du Seigneur,
Du monde valut mille années.

Le lendemain vit, par la France,
Cheminer chacune de nous ;
Dieu nous avait dit : Aussi vous
Partez, filles d'obéissance !

Parfois, un instant, en arrière
Notre cœur reportait nos yeux ;
Mais, au souvenir de nos vœux,
Nous poursuivions notre carrière.

Toujours, toujours, j'irai de même,
Partout où vous voudrez, Seigneur ;
Mais le lieu qui fit mon bonheur,
Permettez qu'en tout lieu je l'aime.

Oh ! oui, mon Jésus, c'est vous plaire
Que de l'aimer ce lieu charmant,
De le chérir comme l'enfant
Chérit le foyer de son père.

Là, jaillit la source de vie
Qui verse au loin des flots si doux :
Là, notre Père pense à nous ;
Là, pour nous notre Mère prie.

Là, riches de jours et de gloire,
Nos Sœurs se reposent un peu :
Elles attendent que leur Dieu
Vienne couronner leur victoire.

Là, de jeunesse encor parées
D'autres prennent place à leur tour :
Par elles, Montfort chaque jour
Renaît de ses cendres sacrées.

Saint tombeau, sur ta froide pierre
De loin j'appuie encor mon front ;
Je prie, une voix me répond :
Jusqu'au Ciel monte ta prière.

Que désiré-je, ô mon bon Maître ?
Répondre à ma vocation :
Toujours vivre comme à Sion,
Près de Sion c'est toujours être.

CANTIQUE SUR LE TRAVAIL.

Le Sauveur sur la Terre
Passa faisant le bien ;
Partout de la misère
Il était le soutien.

Par vous, Filles-de-la-Sagesse,
Il veut à l'enfance, au malheur,
Continuer les soins de sa tendresse :
Il veut par vous être toujours Sauveur.

† Anges des Cieux, prêtez l'oreille,
Écoutez la merveille :
Nous sommes, que dire de plus ?
D'autres Jésus !

Enfants, si votre crèche
Ne nous fait point d'ennui.
C'est que Jésus nous prêche
De vous aimer pour lui.
A Béthléem, jadis lui-même
Il fut tout petit comme vous :
Il s'en souvient, et, tant son cœur vous aime !
Pour vous bercer, sa main se sert de nous.
† Anges des Cieux; etc.

Vous qui courez les villes,
Venez, pauvres enfants,
Réjouir nos asiles
De vos jeux, de vos chants.
Il aimait, en troupes joyeuses,
Sur ses pas vous voir accourir ;
Venez à lui : par nos mains trop heureuses,
Il veut encor caresser et bénir.

Allez, a dit le Maître,
Parmi les nations
Allez faire connaître
Mes divines leçons.

Nous aussi, nous sommes apôtres,
Car, aussi nous, à des enfants
Qui, dans Jésus, sont devenus les nôtres,
Nous répétons les saints enseignements.

Vous qui de la lumière
Ne jouîtes jamais,
Et vous qui sur la terre
Fûtes toujours muets,
Espérez ; celui qui console
Nous a confié son pouvoir :
Grâce à nos soins, vous aurez la parole,
Grâce à nos soins, vous aussi pourrez voir.

Sa bonté paternelle
Nous a tous dans ses mains,
Et lui-même il s'appelle
Père des orphelins.
A celles qui n'ont plus de mères,
Par nous Jésus veut en servir :
Il prend sur lui leurs besoins , leurs misères ;
Il veut chez nous les loger , les nourrir.

Les villes, les campagnes
Virent le bon Pasteur ;
Jusque sur les montagnes
Il cherchait le malheur.
A la charité, qui le presse
De soulager de nouveaux maux,
Prêtez vos pieds, Filles-de-la-Sagesse :
Filles du Prince, oh ! que vos pas sont beaux !

Sur toute maladie
Ce Médecin si bon

Posait la main bénie
Qui porte guérison.
Nous, avec un bonheur extrême,
Soignons, dans nos frères chrétiens,
Celui qui dit que l'on fait à lui-même,
Ce que l'on fait au plus petit des siens.

Pour qu'à toutes les peines
Il pût avoir goûté,
Il prit sur lui les chaînes
De la captivité.
Avec de pauvres prisonnières
Entrons nous-mêmes en prison :
Et, pour Jésus, soyons saintement fières
De posséder un bagne pour maison.

AUTRE CANTIQUE SUR LE TRAVAIL.

† O saint état, sort glorieux :
Toujours servir Dieu dans ses frères !
O saint état, sort glorieux
Qui de la terre élève aux Cieux !

Voyez, sous le doux nom de crèche,
Ces petits enfants réunis :
Berçons-les ; Jésus nous le prêche ;
Eux, le demandent par leurs cris.
† O saint état, etc.

Ces petits qui couraient les villes,
Comme des agneaux sans pasteur,
Ils ont trouvé dans nos asiles
Et l'innocence et le bonheur.

D'autres enfants déjà plus grandes
Ont aussi besoin de leçons :
Charité sainte, tu commandes;
A ta voix nous obéirons.

L'aveugle et le muet encore
Au Fils de David ont recours;
Lui qu'en vain jamais on n'implore,
Par nos mains leur porte secours.

Du pauvre en Jésus notre frère
La grandeur s'offre à notre foi;
Et les réduits de la misère
Sont pour nous des palais de roi.

Le malade près de sa couche
Ne nous appelle pas en vain;
Doucement notre main le touche,
C'est Dieu qui conduit cette main.

Espérez, vous qui, dans vos chaînes,
Sembliez délaissés de tous;
Nous dont le Ciel a fait des reines
Nous irons vivre près de vous.

CANTIQUE POUR LES ÉPIDÉMIES.

Des saints combats l'heure est sonnée :
L'Ange du céleste courroux
A tiré sa terrible épée ;
De toutes parts tombent ses coups.

† Mes Sœurs, la Charité nous presse :
Allons au secours du prochain ;
Sous l'étendard de la Sagesse,
Marchons, notre croix à la main !

Sur cette croix Jésus lui-même
Pour nous tous a daigné mourir ;
Et nous, pour lui dans ceux qu'il aime,
Nous pourrions craindre de souffrir !
    † Mes Sœurs, etc.

Fléau terrible, en toi j'adore
Le Dieu qui par toi nous punit ;
Mais, moi, je suis heureuse encore :
Pour te combattre il me choisit.

O croix, le pauvre en sa chaumière,
Te verra briller sur mon cœur ;
Son âme, à ta douce lumière,
Pourra croire encore au bonheur.

Lorsque, sur son lit de souffrance,
Le malade ouvrira les yeux,
Pour terme de sa pénitence,
Ma main lui montrera les Cieux.

Peut-être au loin, seule, ignorée,
Je rendrai mon dernier soupir ;
Mais à ma famille sacrée
Dieu saura bien me réunir.

Dans le combat si je succombe,
Vienne à ma place une autre Sœur !
Debout sur mon heureuse tombe,
Qu'elle chante de tout son cœur :

† Mes Sœurs, la Charité vous presse ;
Venez au secours du prochain !
Sous l'étendard de la Sagesse
Marchez, votre croix à la main !

CHANT DES SUPÉRIEURES.

Sont-ils passés les jours de ma jeunesse,
Passés pour ne plus revenir ?
Jours de bonheur où la Sagesse
Ne m'ordonnait que d'obéir.

† Déchargez-moi de ce faix de puissance,
Qu'assez longtemps pour ma part j'ai porté !
Ah ! rendez-moi de mon obéissance
Le bonheur et la liberté !

Oui, rendez-moi ma liberté passée !
Aujourd'hui je comprends si bien
Et la gloire d'être cachée,
Et le bonheur de n'être rien.
    † Déchargez-moi, etc.

Hélas ! le poids de ma propre misère
    Etait bien assez lourd pour moi :
    Des maux d'autrui qu'avais-je à faire ?
    Vit-on, quand on vit hors de soi ?

Si vous saviez la cruelle torture
    Qu'à ma place éprouve le cœur !
    On veut plaire à la créature ;
    Plaît-on toujours au Créateur ?

Si dans vos cœurs une orgueilleuse envie
    Venait jamais à se glisser,
    Dieu, pour punir cette folie,
    N'a besoin que de l'exaucer.

O bon Jésus, loin de moi ce calice !
    Vous-même avez ainsi prié.
    Du moins, s'il faut mon sacrifice,
    Ah ! de mon âme ayez pitié !!!

CHANT DES PROVINCIALES.

Savoir prier, se recueillir,
    Aimer la solitude :
Pour une Sœur qui doit sortir,
    C'est la première étude.

+ Par votre Visitation,
Marie, obtenez-moi ce don !

Dans la pratique des Vertus
  Suis-je bien affermie ?
Pour aller répandre Jésus,
  M'en suis-je assez remplie ?
  † Par votre etc.

Le moment venu de partir,
  Que rien ne nous arrête ;
Dieu commande, il faut obéir ;
  Adieu, douce retraite !

Songe, mon âme, à chaque pas,
  Que Jésus t'accompagne ;
Point de désirs humains et bas :
  Marchons par la montagne.

Je dis, dans la route, à mes yeux :
  Laissons la bagatelle ;
Hâtons-nous d'arriver aux lieux
  Où le Maître m'appelle.

Jésus, de vos saintes faveurs,
  Puisse mon arrivée
Etre, pour l'âme de mes Sœurs,
  Toujours accompagnée.

Si Dieu fait quelque bien par moi,
  Que je l'en glorifie !
De servir si peu ce grand Roi,
  Qu'en tout je m'humilie !

CHANT DU REPOS.

A ses premiers missionnaires,
Au retour de leurs saints travaux,
Jésus disait : Venez, mes frères,
Venez prendre un peu de repos.

Et nous aussi, quand la jeunesse
Donnait de la force à nos bras,
Pour obéir à la Sagesse,
Au loin nous portâmes nos pas.

Puis, la voix de notre bon Maître,
Quand la fin du jour approcha,
A ces lieux qui nous virent naître
Dans sa bonté nous rappela.

Déjà, mes Sœurs, sur notre tête,
La moitié d'un siècle a passé ;
Par le souffle de la tempête,
Tout sera bientôt effacé.

Sachons, dans une paix profonde,
Mettre à profit ce peu de temps ;
A d'autres les soucis du monde,
A nous des soins plus importants.

Notre lampe est-elle remplie ?
La charité vit-elle en nous ?
La nuit ne sera pas finie,
Qu'on nous dira : Voici l'Epoux !

Repassons, dans notre mémoire,
Sur tous ces jours qui ne sont plus ;
Et, sans trouble comme sans gloire,
Comptons nos fautes, nos vertus.

Dans notre carrière, sans doute,
Nous avons fait plus d'un faux pas ;
Mais Dieu sait ce qu'une âme coûte :
Sa main ne nous brisera pas.

Chères compagnes de voyage,
Pour arriver à bonne fin,
A l'approche du grand passage,
Aidons-nous, donnons-nous la main.

CHANT DES SŒURS INFIRMES.

Qui te comprendra bien,
Bonheur de la souffrance !
O Montfort, d'un si riche bien
Obtenez-nous l'intelligence !

† On ne peut souffrir bien sans vous ;
Jésus, souffrez encore en nous !

Oui, souffrir sans Jésus,
C'est souffrance perdue ;
En lui-même il ne souffre plus ;
Sa souffrance en nous continue.
† On ne peut souffrir, etc.

Par sa grâce en nos cœurs
Tant que Jésus habite,
De ses douleurs à nos douleurs
Il communique le mérite.

Daignez nous visiter
En vos douleurs divines ;
Dans nos cœurs venez habiter,
Avec vos clous et vos épines.

Si jadis nos travaux
Servirent *la Sagesse,*
Le support chrétien de nos maux
Augmente encor plus sa richesse.

De Nazareth nos Sœurs
Répètent le mystère ;
Et nous, sur un lit de douleurs,
Nous continuons le Calvaire.

Travailler ou souffrir !
D'une Religieuse
Tel doit être le seul désir ;
Que notre part est donc heureuse !

Du flambeau consumé
Quand s'éteindra la flamme,
Je dirai : *Tout est consommé !*
En vos mains je remets mon âme !

† On ne peut mourir bien sans vous ;
Jésus, mourez encore en nous !

CANTIQUE DU PURGATOIRE.

De mes soupirs, ah ! soyez attendries,
Reconnaissez la voix de vôtre Sœur.
O vous du moins qui fûtes mes amies,
Prêtez l'oreille au cri de ma douleur !

† Dieu fasse paix, au fond du sombre gouffre,
Dieu fasse paix à notre Sœur qui souffre !

Dieu trois fois saint, sur moi n'est point tombée
De votre bras l'horrible pesanteur ;
Non, votre main m'a seulement touchée,
Et cependant qui comprend mon malheur ?
    † Dieu fasse paix, etc.

Connaître Dieu, vers lui tendre sans cesse,
Et loin de lui sans cesse être chassé !
Tel vers la terre un naufragé s'empresse,
Et loin du bord toujours est repoussé.

Un jour, au Ciel, le Sauveur que j'implore
Me recevra, j'en ai le sûr espoir :
Je le verrai ; mais qu'il est loin encore
Le jour heureux où je pourrai le voir !

Dans mes péchés je suis emprisonnée,
Comme l'oiseau dans les lacs du chasseur :
De fiel amer, d'absynthe empoisonnée,
A tout moment, m'abreuve un Dieu vengeur.

Eh ! qu'ils sont longs, dans ma triste demeure,
Tous ces moments sur la terre si courts !
Ciel ! qu'ils sont longs! L'instant y dure une heure,
Et l'heure un siècle, et le siècle toujours.

Mon âme, en proie aux plus cuisantes peines,
Se voit réduite à chérir ses tourments :
Flammes, brûlez, brûlez les dures chaînes,
Qui loin de Dieu me tiennent si longtemps.

O du Seigneur sainteté redoutable !
Pour l'approcher qu'il faut donc être pur !
Quel rude apprêt, pour paraître à sa table,
Il faut au fruit tombé sans être mûr ?

Envers son Dieu point de légère offense ;
Pour mon malheur trop tard je l'ai compris.
Ah ! si du moins de l'humble pénitence,
J'avais alors mieux connu tout le prix !

O vous, mes Sœurs, qui, sur la terre encore,
Vivez aux lieux qu'aussi moi je connus,
Donnez, donnez au feu qui me dévore
L'eau de vos pleurs, et vous ne péchez plus.

CANTIQUE DU CIEL.

Sur les rivages de l'Euphrate,
Pour Israël tout n'était que douleur ;
De trouver ici le bonheur
Toujours en vain l'homme aveugle se flatte.

† Ouvre-toi, céleste séjour ;
Fais à nos yeux briller la récompense.
Oui, notre cœur en nourrit l'espérance :
Nous te verrons, nous te verrons un jour,
   Nous te verrons un jour.

   J'ai vu l'avare en sa folie,
Le jour, la nuit, compter, palper son or ;
   Il oubliait le seul trésor
Qu'on ne perd point en perdant cette vie.
   † Ouvre-toi, etc.

   Epris d'une frivole gloire,
L'ambitieux veut partout commander ;
   Pourquoi craindrais-je de céder,
Si ma défaite est, un jour, ma victoire ?

   Pour nous le plaisir a des charmes,
Et nous voulons le goûter à tout prix ;
   Eh bien ! cherchons le Paradis :
Là notre Dieu sèche toutes les larmes.

   Dès ici-bas mourir sans cesse,
Du cœur sans doute exige un noble effort ;
   Mais à ce cœur le lion mort
Offre bientôt le miel de la Sagesse.

   Béni le jour, où de ses chaînes
Sur nous Jésus serra les nobles nœuds !
   Bénis soient à jamais les vœux,
Qui, dans ce jour, de nous firent des reines.

   Sous ta bure je me dérobe,
O saint habit, devenu mon tombeau ;

Des Vierges qui suivent l'Agneau
Tu deviendras, au Ciel, la blanche robe.

    Saint nom, qui déjà me rappelles
Que ma famille est celle des Élus,
    Tu me promets qu'un jour Jésus
Viendra me joindre aux épouses fidèles.

    Courage, ô mes Sœurs bien-aimées !
Portons la croix, bénissons notre sort ;
    Bientôt, triomphant de la mort,
Nous chanterons avec nos Sœurs aînées :

    † Ouvre-toi, céleste séjour ;
A nos combats donne leur récompense ;
Ce jour, objet d'une longue espérance,
Nous le voyons, nous le voyons ce jour !
    Nous le voyons ce jour !

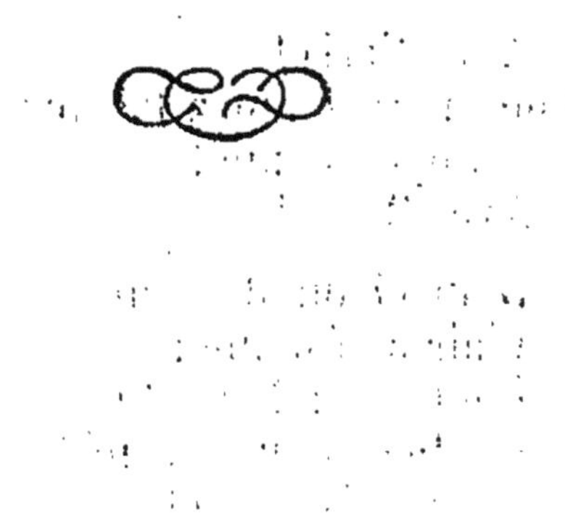

TROISIÈME PARTIE.

CANTIQUES ET CHANTS

Sur

Divers Sujets.

NOËLS.

Premier Cantique.

Ave, Maria !
Vous nous donnez la vie ;
Soyez bénie !
Ave, Maria !

D'un chant de victoire
L'air a résonné ;
J'entends : Paix et gloire !
Un Dieu nous est né !
† Ave, Maria ! etc.

L'amour me transporte
Auprès de mon Roi ;
Je frappe à la porte :
Joseph, ouvrez-moi !

O quelle misère
Dans tout ce réduit !
Mais quelle lumière
Au sein de la nuit !

Doucement j'avance
Près du nouveau-né.
Qu'y vois-je en silence,
Le front incliné ?

C'est elle, elle-même :
Quel recueillement !
Elle adore, elle aime
Son divin enfant.

Moi, toute saisie,
Je tombe à genoux :
De grâce, ô Marie,
Place auprès de vous !

Tout mon cœur tressaille,
O Ciel ! Je le vois :
Quoi ! sur cette paille,
C'est le Roi des rois !

S'il est adorable
Ce Dieu des vertus,
O qu'il est aimable
Ce petit Jésus !

Quel air de tendresse !
Comme il me sourit !
Sa main me caresse,
Son œil me bénit.

O ma bonne Mère,
Souffrez qu'un instant,
Sur mon cœur je serre
Ce divin enfant.

O grâce infinie !
O Jésus, Jésus !
Dans toute la vie,
Non, non, rien de plus.

Faites, sainte Reine,
Faites que ce jour
Pour jamais m'enchaîne
A ce Dieu d'amour !! !

Deuxième Cantique.

† Amour, amour, honneur, louanges,
Au Dieu Sauveur dans son berceau !
Chantons, chantons avec les Anges,
Chantons un cantique nouveau !

Dans la nuit, quel éclat soudain !
Sur nos têtes, quel chant divin !
   † Amour, amour, etc.

A Dieu gloire au plus haut des Cieux !
Paix à l'homme dans ces bas lieux !

A Béthléem courons, mes Sœurs ;
Portons-y nos dons et nos cœurs.

Pénétrons sous cet humble toit :
Qu'il est pauvre ! qu'il y fait froid !

Qu'y vois-je ? Le Roi des vertus
Devenu mon frère Jésus !

Il se tait ce béni Sauveur ;
Mais ses yeux parlent à mon cœur.

Sa bouche aimable me sourit ;
Sa petite main me bénit.

Et moi que ferai-je pour lui ?
Que lui refuser aujourd'hui !

Non, non, mon Jésus, mon époux,
Je veux bien être tout à vous.

Se rapetisser, s'appauvrir :
Avec Jésus c'est un plaisir.

Aimé, béni soit en tout lieu,
Le saint berceau de l'Enfant-Dieu !

Avec Jésus, soit exalté
Le chaste sein qui l'a porté !

Troisième Cantique.

Noël ! pour mon âme ravie,
Qu'il est doux ce nom ! qu'il est beau !

Noël ! c'est Jésus, c'est Marie,
C'est Joseph et le saint berceau.

   † Tout s'écrie en moi-même :
   Ah ! je l'aime, je l'aime !
      Noël !
   Filles-de-la-Sagesse,
    Chantons sans cesse :
      Noël !

Noël ! souvenir du jeune âge,
Première école des vertus !
Ma mère me disait : Sois sage,
Nous irons voir l'enfant Jésus.
   † Tout s'écrie, etc.

Aux lieux témoins de mon enfance
Je garde un amour éternel ;
Mais plus douce est la souvenance
De Bethléem et de Noël.

Que de beautés dans ce mystère !
La nuit est transformée en jour ;
Dieu même descend sur la terre,
Et des bergers forment sa cour.

Avec mes Sœurs, jusqu'à l'étable,
Je veux aller bien simplement,
Dire à cet Enfant adorable
Qu'aussi moi je veux être enfant.

Vous que je craindrais de distraire.
En vous priant de nous prêcher,

A vos filles, ô sainte Mère,
Permettez au moins d'approcher.

Parlez, vous qu'il nomme son père,
Parlez de Jésus au berceau ;
Joseph, dites-nous si la Terre
Offrit jamais rien de si beau.

Jésus, ô Sagesse éternelle,
Verbe fait chair pour notre amour,
Venez notre cœur vous appelle ;
Fixez en nous votre séjour !

Quatrième Cantique.

Du haut des Cieux, des splendeurs de la gloire,
Dans un réduit le Verbe est descendu :
Voici l'Enfant si longtemps attendu ;
Terre, applaudis ; Anges, chantez victoire !

† Allons, mes Sœurs, à cet Enfant si beau
Allons offrir notre cœur pour berceau :
Verbe fait chair, ô divine Sagesse,
Venez en nous, en nous vivez sans cesse !

Pour l'attirer, il faut être appauvrie,
Et d'une étable offrir la nudité ;
Je te chéris, ô sainte Pauvreté,
Qui de mon Dieu me rends l'heureuse amie..
      † Allons, mes Sœurs, etc.

Parmi les lis la Sagesse repose ;
Près de Jésus rien que de virginal ;

O Chasteté, diadème royal,
Avec bonheur sur mon front je te pose.

Maître du Ciel, des langes de l'enfance
Il veut subir l'humble captivité ;
Moi, je voudrais goûter la liberté !..
Non, non, toi seule, ô chère Obéissance !

Venez, Sagesse, ainsi le veut Marie ;
Ainsi pour nous le demande Montfort ;
Oui, je l'entends redire avec transport :
Venez, venez, le pauvre vous en prie !

Cinquième Cantique.

Cette prière
Qu'à deux genoux
Je viens vous faire,
Qu'elle aille à vous.

† Quittez cette crèche,
O divin Sauveur ;
Qui vous empêche ?
Voici mon cœur.

Si je désire
Cet heureux choix,
Laissez-moi dire
Que j'ai des droits.
      † Quittez etc.

Dans la misère
Vous êtes né ;

Moi, pour vous plaire,
J'ai tout donné.

Point de souillure
Autour de vous ;
Moi, pour parure
J'ai mon Epoux.

Vos bras, l'enfance
Les tient liés ;
L'obéissance
Guide mes pieds.

Mais je préfère
Tout vous devoir,
Et ma misère
Fait mon espoir.

Je m'abandonne
A votre amour ;
Qu'il me pardonne
En ce beau jour !

Bonne Marie,
Mon sûr appui,
Je vous en prie,
Oh ! dites-lui :

† Quittez cette crèche,
O divin Sauveur ;
Qui vous empêche ?
Prenez son cœur.

Sixième Cantique.

Bethléem! O sainte école
Des plus sublimes vertus!
Cher asile, où sans parole
Nous instruit l'enfant Jésus!

✝ Près de vous, Crèche sacrée,
Puissé-je apprendre, apprendre bien
Et la gloire d'être cachée,
Et le bonheur de n'être rien!

Ce grand Dieu dont les Archanges
Adorent la majesté,
Ici-bas, de pauvres langes
Le tiennent emmailloté.
   ✝ Près de vous, etc.

Lui qui donne à tout la vie,
Qui nourrit l'homme et l'oiseau,
Il veut devoir à Marie
Tous les soins de son berceau.

De la sagesse divine
Repose en lui le trésor;
Mais, sur sa lèvre enfantine,
Le silence règne encor.

Je vous adore et vous aime,
Ami des petits enfants;
Quand goûterai-je moi-même
Vos divins abaissements!

Quoi! mon Dieu dans une étable
Pour moi daigne s'abaisser !
Moi, vermisseau misérable,
Puis-je trop m'apetisser ?

Adorable petitesse,
Glorieuse obscurité,
Soyez toute ma sagesse,
Toute ma félicité !

Que pour d'autres on s'empresse,
Qu'on les élève à l'envi;
Moi, qu'à l'écart on me laisse,
Que j'y reste dans l'oubli !

Votre demeure, ô Marie,
Vaut mieux qu'un palais de roi ;
Bon Joseph, je vous en prie,
Dans l'étable cachez-moi !!!

Septième Cantique.

LES ANGES ET LES HOMMES.

Cieux et Terre, dans ce beau jour,
Chantons Dieu tour-à-tour !

LES ANGES.

Gloire dans les hauteurs du Ciel,
Gloire à Dieu ! Gloire à l'Eternel !
† Hommes, vous qu'il sauve en ce jour,
Chantez-le à votre tour.

LES HOMMES.

La Terre a retrouvé la paix :
Grâces à Dieu pour ses bienfaits !
† Anges, vous qui formez sa cour,
  Chantez-le à votre tour.

LES ANGES.

Dieu dit : Je t'engendre aujourd'hui,
Et son Verbe est semblable à lui.
  † Hommes, vous etc.

LES HOMMES.

Ce Fils à son Père si cher,
Le Verbe pour nous s'est fait chair.
  † Anges, vous etc.

LES ANGES.

Il est, il a toujours été :
Il porte en lui l'éternité.

LES HOMMES.

Né dans le temps pour notre amour,
Il apparaît enfant d'un jour.

LES ANGES.

Oh ! qu'étonnante est sa grandeur !
Qu'éblouissante est sa splendeur !

LES HOMMES.

Oh! comme l'amour l'a réduit!
Qu'il est caché, qu'il est petit!

LES ANGES.

Qui peut résister à son bras?
La Terre tremble sous ses pas.

LES HOMMES.

Dans une étable il est tremblant,
Faible comme l'est un enfant.

LES ANGES.

A l'Ange, aussi bien qu'à l'oiseau,
Il donne un pain toujours nouveau.

LES HOMMES.

Lui-même a besoin d'aliments :
Il lui faut le lait des enfants.

LES ANGES.

Tout le Ciel s'empresse à sa voix ;
Son sceptre s'étend sur les rois.

LES HOMMES.

A nous il ne veut qu'obéir ;
Il est venu pour nous servir.

LES ANGES.

Dans l'océan de sa bonté,
Nous puisons la félicité.

LES HOMMES.

Comme nous sujet aux douleurs,
Il est déjà baigné de pleurs.

LES ANGES.

Aimez bien ce Verbe éternel,
Devenu votre Emmanuel.

LES HOMMES.

Bons Anges, de grâce, aidez-nous !
Nous voulons l'aimer comme vous.
Tous ensemble, dans ce beau jour,
Chantons un chant d'amour !

LES ANGES ET LES HOMMES.

Tous ensemble, dans ce beau jour,
Chantons un chant d'amour !

CANTIQUES A LA SAINTE-VIERGE.

Premier Cantique (¹).

Des fleurs ! encor des fleurs ! Emplissez vos corbeilles !
O mes Sœurs, apportez ! Décorons son autel !
Donnez des lis plus blancs, des roses plus vermeilles,
Pour peindre les beautés de son cœur maternel !

     † A Jésus, par Marie,
     Enchaînons notre vie !
     A tous deux, en ce jour,
     Gloire, amour ! gloire, amour !

Salut ! trois fois salut, à vous, douce Marie,
A vous dont la clémence ici nous donne accès !
Voyez de vos enfants la famille attendrie
Près de vous se serrer, pour vous voir de plus près.
     † A Jésus, etc.

En ce jour, agréez que notre humble prière
Vous demande pour nous une grâce de plus.
Vous qui le connaissez, n'êtes-vous pas sa mère ?
Apprenez-nous, Marie, à connaître Jésus.

---

(1) Au moyen d'un léger retranchement, les cantiques pour le mois de Marie peuvent se chanter en toute autre circonstance.

Quand votre bras heureux, soutenant sa faiblesse,
Sous ce léger fardeau mollement fléchissait,
Dites-nous comment lui payait votre tendresse ;
Nous voulons vous chérir comme il vous chérissait.

Quand, près de vous, joignant ses deux mains enfantines,
Il faisait sa prière à son Père des cieux,
Dites-nous son respect, ses paroles divines ;
Nous voulons que nos cœurs brûlent des mêmes feux.

Quand, usant humblement du droit le plus insigne,
Vous lui disiez d'aller, d'arrêter, de venir,
Dites-nous s'il tardait après le premier signe ;
Comme lui désormais nous voulons obéir.

Quand de Joseph aidant le travail mercenaire,
Il gagnait, avec lui, son pain de chaque jour,
Dites-nous quel était son esprit de prière ;
Nous voulons comme lui travailler par amour.

Quand, assis près de vous, de votre pauvre table
Il partageait les mets préparés par vos mains,
Dites-nous son maintien, sa modestie aimable ;
Nous voulons l'imiter en ses repas divins.

Quand enfin, du pécheur prenant sur lui le crime,
Jusqu'à mourir en croix il voulut obéir,
Dites-nous quel amour dévorait la victime ;
Nous voulons, en retour, pour lui vivre et mourir.

Oh ! dites-nous aussi, sur un char de victoire
Quand son puissant amour vous élevait aux Cieux,
Dites-nous comme alors il vous couvrit de gloire ;
Comme lui nous voulons vous fêter en ces lieux.

Coule plus lentement, mois si cher à nos âmes ;
Pour fêter notre Mère, ah ! c'est si peu d'un mois !
Qu'au moins de jour en jour de plus ardentes flammes,
Brûlent heureusement tous nos cœurs à la fois.

Mais que faire ici-bas ? L'amour de cette vie,
Même en ses plus beaux jours, n'est rien qu'un faible essai;
Mourons, mourons plutôt ! Au Ciel toujours Marie !
Au Ciel toujours son mois, toujours le mois de mai !

Deuxième Cantique.

    † Gardons notre cœur
    De ce faux bonheur
Que le monde aveugle convoite ;
    Préférons la croix,
    Et du Roi des rois
Suivons, suivons la route étroite !

Salut, mois chéri de nos cœurs,
Mois plein de fraîcheur et de vie !
Tu viens rendre au jardin ses fleurs ;
A nos cœurs le nom de Marie,
    † Gardons, etc.

Marie, ô vous que nous aimons,
Comme un enfant aime sa mère,
Souffrez qu'à vos pieds nous mettions
Et nos fleurs et notre prière.

Suivez, nous a dit l'Esprit-Saint,
De la croix la sainte folie :

Aimez ce que le monde craint :
Fuyez ce que le monde envie.

Le monde estime la grandeur :
Mais Jésus à nos pieds s'abaisse ;
Sors, vain orgueil, sors de mon cœur ;
Je veux pour moi la petitesse.

Le monde ne veut que plaisirs ;
Mais Jésus se plaît dans les larmes ;
Loin d'ici, frivoles désirs :
Pour moi la souffrance a des charmes.

Le monde court après l'argent ;
Mais Jésus vit dans l'indigence :
A d'autres les biens d'un moment ;
La misère est mon opulence.

Le monde veut la liberté ;
Mais Jésus souffre l'esclavage :
Une sainte captivité
Voilà, voilà mon doux partage.

Le monde repousse la croix ;
Mais Jésus l'a prise en partage ;
Aussi-moi, j'en veux faire choix :
Je la prends pour mon héritage.

Le monde surtout craint la mort ;
Mais Jésus pour lui veut qu'on meure ;
Mourir c'est arriver au port,
Mourir sera ma plus belle heure.

Troisième Cantique.

Beau mois qu'embaume l'aubépine,
Mois émaillé de mille fleurs,
Plus belle est la grâce divine
Qui coule, en ces jours, dans nos cœurs :
    Au doux nom de Marie,
    Tout semble reverdir;
    D'une plus sainte vie
    L'âme sent le désir.

† Par Marie à Jésus !... ô divine sagesse !
Ô secret de bonheur ! ô source de richesse !
    Jésus !... Marie !... Eh ! que vouloir de plus ?
    Chantons.., chantons : Par Marie à Jésus !

Dieu, par cette Vierge fidèle,
A voulu nous donner son Fils ;
Ce Fils veut nous donner par elle
Et sa grâce et son paradis.
    Sainte médiatrice,
    Si le Ciel est pour nous,
    Si Dieu nous est propice,
    Tout bien nous vient par vous.
    † Par Marie à Jésus! etc.

Pour nous retirer de l'abîme,
Sans doute Jésus seul mourut ;
Seul le sang de cette victime
Fut le prix de notre salut ;

Mais Jésus dans sa Mère,
Vase saint, Maison d'or,
A des fruits du Calvaire
Déposé le trésor.

Hommes, combien il vous en coûte
Pour chercher en vain le bonheur !
Ah ! que ne prenez-vous la route
Qui vous conduirait au Sauveur !
  L'eau coule, en la prairie.
  Tranquille entre ses bords ;
  L'âme ainsi, par Marie,
  A Dieu va sans efforts.

Nous, des vertus de notre Mère
En nous reproduisons les traits :
C'est le sûr moyen de lui plaire,
D'attirer sur nous ses bienfaits.
  Comme elle humbles et pures,
  Cachons-nous dans ce lieu,
  Et, loin des créatures,
  Ne désirons que Dieu.

Quatrième Cantique.

A vos pieds, ô céleste Reine,
Avec les fleurs Mai nous ramène :
  Priez pour nous !

† Priez, priez, priez pour nous !

Ce que toujours elle désire ,
L'âme, en ce mois, aime à le dire ;
    Priez pour nous !
† Priez, priez, etc.

Daignez accueillir, ô Marie,
Notre pieuse litanie ?
    Priez pour nous !

Que l'esprit seul de la Sagesse
En ses filles règne sans cesse !
    Priez pour nous !

Que tous les trésors de la terre
Ne soient à nos yeux que poussière !
    Priez pour nous !

Que jamais naturelle attache
N'imprime à nos cœurs une tache !
    Priez pour nous !

Que l'obéissance chrétienne
Sous sa main toujours nous retienne !
    Priez pour nous !

Que dans l'âme de la Novice
Le règne de Dieu s'établisse !
    Priez pour nous !

Qu'aux saints travaux de la Sagesse
S'immole la jeune Professe !
    Priez pour nous !

Que celle dont le soleil tombe
Soit fidèle jusqu'à la tombe !
    Priez pour nous !

Qu'à nos guides le Ciel accorde
Conseil, bonheur, miséricorde !
    Priez pour nous !

Cinquième Cantique.

Le mois de Marie et des fleurs
    A sortir nous engage ;
Allons en esprit, bonnes Sœurs,
    Faire un pélerinage :
Sous d'autres cieux, bien loin, là-bas,
Vers Lorette tournons nos pas.

La voyez-vous, à l'horizon
    De l'heureuse Italie ?
C'est elle, la *Sainte-Maison*,
    La maison de Marie :
L'espace a disparu pour nous...
A genoux ! Entrons à genoux !

Ici le Messager du Ciel
    Annonça le mystère ;
Une Vierge de l'Éternel
    Ici devint la mère ;
Pour nous délivrer de l'enfer,
ICI LE VERBE S'EST FAIT CHAIR !!!

Ces murs ont vu Jésus enfant,
   Debout près de sa mère,
Les mains jointes, le cœur brûlant,
   Répéter sa prière :
Puissiez-vous, ô *Sainte-Maison*,
M'apprendre à faire l'oraison !

Celui dont l'Univers entier
   Proclame la puissance,
Ici, dans un obscur métier
   Renferma sa science :
Moi, pourrais-je, en aucun emploi,
Rien trouver au-dessous de moi !

Ce vase de terre où Jésus
   A pris sa nourriture,
Je le baise et l'estime plus
   Que l'or de sa parure :
Religieuse pauvreté,
Sois en tout ma félicité !

Le soir voyait, à ce foyer,
   La famille assemblée
Parler de Dieu, lire, prier,
   Pour charmer la veillée :
Pieuses récréations
Qu'on goûte aussi dans nos maisons !

Là, Joseph par un saint trépas
   Finit sa sainte vie ;
Il s'endormit entre les bras
   De Jésus, de Marie :
Ah ! puisse une pareille mort
Décider un jour de mon sort !

Marie elle-même n'est plus
  Dans son humble demeure ;
Mais le parfum de ses vertus
  Ici toujours demeure :
Que ne puis-je y vivre et mourir !...
Adieu, Lorette !... Il faut partir !...

Brille toujours dans ce saint lieu,
  Lampe qui pour nous veilles ;
Roses qui pour nous priez Dieu,
  Soyez toujours vermeilles ; (1)
Et nous, partout, pour le Seigneur
Conservons-nous dans la ferveur !!!

Sixième Cantique.

† Notre-Dame de Bon-Secours,
Parmi les combats de la vie,
Ah ! daignez, divine Marie ,
Daignez nous protéger toujours !
    Pour la *Sagesse*
    Soyez sans cesse
Notre-Dame de Bon-Secours !

Dans ses fleurs, suave parure,
Mai revient s'offrir à nos cœurs :

---

(1) Lampe et fleurs qui furent placées et entretenues , à nos frais,
devant la statue de la Sainte-Vierge.

Peut-il être encor des douleurs,
Quand tout sourit dans la nature ?
  ☩ Notre-Dame , etc.

Chaque jour de notre carrière
Doit porter la croix de Jésus :
Sans peine il n'est point de vertus ;
Le Ciel vient après le Calvaire.

A Jésus l'heureuse Novice
De grand cœur se donne , et pourtant
Ce grand cœur est tout palpitant
A l'approche du Sacrifice.

De ses vœux la jeune Professe
Veut éterniser le bonheur ;
Mais pour mériter cet honneur,
Qu'elle éprouve encor de faiblesse !

Et ces Sœurs dont la vie entière
Se dépense pour le prochain,
Tout est-il fleur sur leur chemin !
Leur pied souvent heurte la pierre.

Puis, tout s'use, et la maladie
Ne permet plus que de souffrir ;
Il faut, avant que de mourir,
Longtemps, longtemps traîner la vie.

Quand viendra cette heure dernière,
Qui doit décider notre sort,
O Vierge, quand viendra la mort,
Alors surtout montrez-vous mère !

Septième Cantique.

Encor moi, toujours moi, Marie!
A qui mieux puis-je avoir recours!
J'ai tant de besoins dans la vie,
Et vous êtes mon seul secours.
L'Enfer m'a déclaré la guerre;
Partout nouveau sujet d'effroi:
Où m'enfuir? Vous êtes ma Mère:
Marie, ayez pitié de moi!

Si de votre main protectrice
J'avais suivi le mouvement,
Mon cœur se fut gardé du vice,
Il serait encore innocent;
Mais, hélas! quelle est ma misère!
De Satan j'ai suivi la loi,
J'ai péché! Vous êtes ma Mère:
Marie, ayez pitié de moi!

Oui, j'ai perdu cette innocence
Qui me rendait chère à mon Dieu;
De ma coupable conscience
Le remords me suit en tout lieu.
Une voix comme le tonnerre
M'a crié: Plus de Ciel pour toi!
Je péris!.. Vous êtes ma Mère:
Marie, ayez pitié de moi!

Marie a pitié de mon âme,
Mes larmes ont touché son cœur;

A l'Enfer elle me réclame :
Rends-moi l'enfant de ma douleur.
Dans ce cœur qui se désespère,
Espérance, réveille-toi !
Je vivrai ! Vous êtes ma Mère :
Marie, ayez pitié de moi !

Quand j'abandonnai le rivage,
Vous me suivîtes d'un soupir ;
Et vous m'offrez, dans mon naufrage,
La planche du saint repentir.
Déjà, dans ma douleur amère,
L'amour a remplacé l'effroi ;
J'ai pleuré ! Vous êtes ma Mère :
Marie, ayez pitié de moi !

C'en est fait, ô divine Reine,
A vous aujourd'hui pour jamais,
Me rattache la douce chaîne
De votre amour, de vos bienfaits.
Quand sonnera l'heure dernière,
Pour moi parlez au divin Roi ;
Parlez-lui ! Vous êtes ma Mère :
Marie, ayez pitié de moi !

Huitième Cantique.

Je vous remets ma grâce et ma puissance ;
Allez, ma mère, allez, a dit Jésus :
Que votre bras écrase l'insolence !
Que votre main bénisse mes élus !

6

† Régnez, Marie!
Tant que la vie
Suivra son cours,
Régnez, régnez toujours!
Célébrons sa gloire,
Chantons sa victoire :
A la Reine des Cieux
Gloire, amour en tous lieux!
Amour et gloire !
Triomphe ! Victoire !

Contre son nom vainement l'hérésie
Veut murmurer ; aussitôt, en tout lieu,
A retenti le cri : Gloire à Marie !
Gloire à son nom ! Elle est Mère de Dieu !
† Régnez, Marie, etc.

L'apôtre, en elle, a reconnu sa Reine ;
Par elle seule, il cherche des élus ;
Et, de nos jours, sur la rive lointaine,
Marie encor triomphe pour Jésus.

Pauvres pécheurs, vous dont l'âme flétrie
Gémit, hélas ! sous le joug des enfers,
Tendez la main à la main de Marie ;
Oh ! chaque jour, qu'elle brise de fers !

Depuis longtemps le monde en sa misère
Retient des cœurs que Jésus veut à lui ;
Périront-ils ? non ; Marie est leur mère :
Combien de nous lui doivent d'être ici !!

Venez, mes Sœurs, le devoir nous appelle :
Envers Marie, ô filles de Montfort,

De notre père imitons le saint zèle ;
Unissons-nous, chantons avec transport :

Je te salue, ô sceptre de Marie !
Sous toi mon front s'incline avec bonheur :
De Saint-Laurent jusqu'à l'Océanie,
Que tous les cœurs soient pour elle un seul cœur !

Neuvième Cantique.

POUR LA PRÉSENTATION DE LA SAINTE VIERGE.

Oh ! qu'ils sont beaux les pas de cette enfant royale,
Au seuil du temple saint se hâtant d'accourir !
Pour offrir son Jésus, victime sans égale,
Ces mêmes lieux bientôt la verront revenir.

D'une mère chérie, en l'ardeur qui l'anime,
Elle quitte les bras pour chercher l'Eternel !
Et sur l'autel se place, enfantine victime,
Elle qui doit à Dieu servir un jour d'autel.

Et ce cœur virginal et cette chair si tendre,
Elle consacre tout à son Epoux divin ;
Le sang pur, que le Verbe en elle un jour doit prendre,
A ce Verbe déjà s'offre en son chaste sein.

Vierge, à mépriser tout quelle est votre sagesse !
Vous ne voulez que Dieu, pour trésor, pour appui,
Mais lui, venant en vous, avec quelle largesse
Il vous rend tous les biens que vous laissez pour lui !

Jouets des vains plaisirs, cette chaîne fatale
Qui pèse sur nos cœurs, ne la romprons-nous pas ?
Vous marchez devant nous, Vierge sacerdotale,
A l'autel nous voulons suivre, en ce jour, vos pas.

Gloire infinie au Père ! Au Fils gloire infinie !
A vous, Esprit d'amour, à vous mêmes honneurs !
Embrâsez-nous du feu qui consuma Marie ;
Rendez digne de vous l'offrande de nos cœurs.

Dixième Cantique.

SUR UNE STATUE DE MARIE.

O vous qu'à notre cœur rappelle cette image,
Chaque fois que nos yeux se porteront vers vous,
Daignez, comme un rayon qui perce le nuage,
Du Ciel faire descendre un regard jusqu'à nous.

Ce symbole muet que la Foi vivifie,
En secret nous dira vos bontés, vos grandeurs ;
Et vous, sous les dehors de notre obscure vie,
Vous saurez lire aussi les secrets de nos cœurs.

S'il nous suffit de voir cette image éphémère,
Pour qu'aussitôt le cœur éprouve un tel plaisir ;
Quel bonheur nous attend, le jour où tendre Mère
Vous-même vous viendrez nous dire de mourir !

Onzième Cantique.

DEVANT UNE CHAPELLE RUSTIQUE DE MARIE.

Aux rois je laisse leurs palais ;
  La chaumière
  De ma Mère
Pour mon cœur a bien plus d'attraits ;
Pauvre et petite en apparence,
Qu'elle est riche aux yeux de la Foi !
Je retrouve dans son silence
  Jésus, Marie et moi.

Pour se ranimer, si mon cœur
  Du bon Maître
  Veut connaître
L'amour, la beauté, la grandeur,
Sur ce Thabor, en abondance,
J'ai les Prophètes et la Loi :
Je retrouve dans son silence
  Jésus, Marie et moi.

J'ai toujours une Mère aux Cieux ;
  Si d'un voile
  Son étoile
Se couvre parfois à mes yeux,
En sa maison de Recouvrance
Tout me dit : Elle est près de toi :
Je retrouve dans son silence
  Jésus, Marie et moi.

Si parfois, perdant mon chemin,
    Dans la vie
    Je m'oublie,
Mon âme ailleurs se cherche en vain.
Que faire? En ce lieu l'Espérance
A bientôt calmé mon effroi :
Je retrouve dans son silence
    Jésus, Marie et moi.

J'aime à venir seule en ces lieux ;
    Sur la terre,
    O ma Mère,
Où pourrais-je ailleurs être mieux ?
Ici vous vous plaisez, je pense ;
Pour moi c'est un séjour de roi :
Je retrouve dans son silence
    Jésus, Marie et moi.

Mais que j'aime aussi voir mes Sœurs,
    Qui se joignent,
    Et témoignent
Qu'un même amour unit leurs cœurs !
Près du trône de la clémence,
Chacune répète pour soi :
Je retrouve dans son silence
    Jésus, Marie et moi.

Ne cessez pas vos chants pieux ;
    Les louanges
    Des saints Anges
Ne troublent point la paix des Cieux.
Dans ce séjour de l'innocence,
Répétons toutes avec foi :
Je retrouve dans son silence
    Jésus, Marie et moi.

Douzième Cantique.

PETITE COURONNE DE LA SAINTE VIERGE.

PREMIÈRE ÉTOILE.

Gloire à vous, ô Vierge Marie !
Vous avez, ô quel bonheur !
A votre Créateur
Toujours Vierge donné la vie.

† Mille fois, Vierge immaculée,
Mille fois réjouissez-vous !!!

DEUXIÈME ÉTOILE.

Gloire à vous, Vierge immaculée !
Comment assez vous bénir,
D'avoir pu contenir
Ce Dieu plus grand que l'Empirée !
† Mille fois, etc.

TROISIÈME ÉTOILE.

Gloire à vous, Vierge toute belle !
Il n'est point de tache en vous ;
Et le céleste Epoux
En vous trouve un miroir fidèle.

QUATRIÈME ÉTOILE.

Gloire à vous, beau Ciel où sans voiles
Brille le soleil Jésus !
Votre âme a de vertus
Bien plus que le ciel n'a d'étoiles.

CINQUIÈME ÉTOILE.

Gloire à vous ! Du céleste Empire
Vous avez le sceptre en main ;
A ce séjour divin
Avec vous daignez nous conduire.

SIXIÈME ÉTOILE.

Gloire à vous, ô Trésorière
Des grâces que Jésus-Christ
Par sa mort nous acquit !
Sur nous répandez-les en mère !

SEPTIÈME ETOILE.

Gloire à vous, ô Médiatrice
Entre les hommes et Dieu !
Ah ! faites qu'en tout lieu
Dieu se montre à nos vœux propice !

HUITIÈME ÉTOILE.

Gloire à vous ! L'enfer, l'hérésie
Sentent votre bras vainqueur ;
Gouvernez notre cœur
Dans les orages de la vie.

NEUVIÈME ÉTOILE.

Gloire à vous ! L'âme pécheresse
  Trouve son Refuge en vous ;
    Près du Seigneur pour nous
Daignez intercéder sans cesse.

DIXIÈME ÉTOILE.

Gloire à vous ! Vous êtes la Mère,
  La mère des Orphelins ;
    Vers vous tendent nos mains ;
Que Dieu pour nous soit toujours père !

ONZIÈME ÉTOILE.

Gloire à vous ! Les Justes sans cesse
  Trouvent en vous leur bonheur ;
    Qu'avec vous notre cœur
Des Cieux partage l'allégresse !

DOUXIÈME ÉTOILE.

Gloire à vous, Secours de la vie,
  Secours aussi de la mort !
    Conduisez-nous au port ;
Au Ciel guidez-nous, ô Marie ! ! !

SUJETS DIVERS.

HYMNE *Adoro te.*

✝ Vous qui de la vie éternelle
Désirez le trésor divin ,
Venez , le Sauveur vous appelle :
Venez prendre place au festin ,
Vous qui de la vie éternelle
Désirez le trésor divin.

Sous le voile du Sacrement ,
Dieu caché, je vous crois présent ;
Plein de respect, je vous adore ;
A contempler votre grandeur
Plus mon cœur se perd , plus encore
A se perdre il met son bonheur.
　✝ Vous qui de la vie, etc.

Mes yeux, mes mains et tous mes sens,
Ici demeurent impuissans ;
La Foi, de sa lumière pure ,
Seule doit briller en ce lieu ;
Je crois ce qu'à mon cœur assure
La parole du Fils de Dieu,

L'homme encor paraît sur la croix ;
Mais l'homme et Dieu, tout à la fois,

S'éclipsent en ce grand mystère :
Jésus, tombant à vos genoux,
Je m'associe à la prière
Du pécheur mourant près de vous.

Votre Apôtre veut, de ses yeux,
Voir vos stigmates glorieux ;
Moi, sans vous voir, je vous proclame
Mon vrai Dieu ; mais de jour en jour,
Faites s'accroître dans mon âme
La Foi, l'Espérance et l'Amour.

O de la mort de mon Seigneur,
Mémorial plein de douceur !
Pain vivant qui donnez la vie,
Que d'un aliment aussi doux,
Mon âme heureusement nourrie,
N'ait jamais de bonheur qu'en vous.

O Pélican mystérieux !
O Jésus, souverain des Cieux !
Ah ! daignez, sur mon cœur immonde,
A grands flots répandre ce sang,
Dont une goutte, dans le monde,
Suffit pour tout rendre innocent.

O vous que, pauvre pélerin,
J'adore sous l'ombre du pain,
Voyez mes soupirs, ah ! de grâce,
Faites qu'un jour admis aux Cieux,
Je vous contemple face à face !
Vous y voir comblera mes vœux.

PERSÉVÉRANCE.

Trop longtemps d'une lourde chaîne
J'ai traîné les honteux anneaux ;
Enfin, délivré de sa peine,
Mon cœur a trouvé le repos :
Désormais de la pénitence,
En paix je savoure les fruits ;
Mais je connais mon inconstance,
Et du démon j'entends les cris.

    † L'enfer s'élance
    Avec fureur ;
    Gardez mon cœur,
O notre Dame, gardez mon cœur !
    Dame de la persévérance,
    Gardez mon cœur !

Mon âme préférerait-elle,
Après tout ce qu'elle a souffert,
Les mets de l'Egypte cruelle
A la manne de ce désert ?
Irai-je, épouse déhontée,
Trahir l'Epoux que j'ai choisi ?
Non, non, la foi que j'ai donnée,
Je la donne encore aujourd'hui.
    † L'enfer s'élance etc.

A l'Enfer, au monde, à moi-même,
J'ai dit adieu, trop tard hélas !

Oui , trop tard, ô Beauté suprême ,
Mon cœur ne vous connaissait pas.
Vive Jésus ! je veux le suivre
Jusques à mon dernier soupir ;
Près de lui s'il est doux de vivre ,
Il est doux encor de mourir.

Oui, gardez mon cœur, ô Marie,
Ce cœur conquête de Jésus ;
A votre amour je le confie ;
Sans vous mes soins sont superflus.
Si quelquefois contre la pierre
Mon pied heurte dans le chemin,
Vers votre enfant, divine Mère ,
Etendez votre douce main.

ADIEU.

—

...eu !... mot que le monde avec douleur prononce,
Glaive qui coupe un cœur par le milieu !
..., je l'aime ce mot, ce doux mot qui m'annonce
Qu'à Dieu je suis, que je dois être... à Dieu !

...rquoi veux-tu nous fuir ? me disaient mes amies.
Est-il ailleurs un plus aimable lieu ?
...nds du moins, attends que les fleurs soient flétries ;
Où donc vas-tu ?.., Moi, je leur dis :... à Dieu !

...es-tu, dit la Sagesse, en me voyant paraître ?
Enfant, crois-tu que mourir soit un jeu ?

7

Du monde ou bien de Dieu, dis à qui tu veux être ;
  Mes pleurs pour moi répondirent :... à Dieu !

O cher Noviciat ! ô sainte solitude !
  Mon âme enfin se repose en ce lieu.
Point de partage ici ; je n'ai plus qu'une étude,
  Plus qu'un désir : toujours aller... à Dieu !

Dieu me comble de biens ; et moi, pour son service,
  Ce que je fais, je l'avoue, est bien peu ;
Mais pourtant j'obéis : plus que le sacrifice
  L'obéissance est agréable... à Dieu !

Ecoutez : de la cloche un son se fait entendre ;
  C'est pour nos cœurs l'étincelle de feu ;
Toutes à ce signal nous brûlons de nous rendre :
  Chacune, en soi, redit : je vais... à Dieu !

Mais que vois-je ? un départ ; et qu'ai-je entendu dire ?
  La peste étend sa fureur en tout lieu ;
Où vont-elles ces Sœurs ? La chair dit : au martyre ;
  Non, dit la grâce ; où vont-elles ?... à Dieu !

Dès ce jour, aussi moi, de tout je me détache,
  Et cet effort à mon cœur coûte peu ,
Pour pouvoir dire, un jour, libre de toute attache :
  Tout est fini ; mon cœur s'envole... à Dieu !

DÉVOUEMENT.

✝ Qui pourra jamais, quoi qu'il ose,
Me séparer de Jésus-Christ?
Dans mon cœur sa grâce repose ;
Son nom sur mon cœur est écrit.

Sentiers où le monde se presse ,
Je vous ai quittés de grand cœur ;
L'humble route de la Sagesse
Seule m'offrait un vrai bonheur.
Eh ! que sont les biens de la terre
Comparés aux biens éternels!
O Seigneur, à tout je préfère
Ma place auprès de vos autels.
    ✝ Qui pourra jamais, etc.

Pourtant, dans cette paix si douce,
J'ai toujours à craindre l'Enfer ;
Contre moi, dans sa rage, il pousse ,
Il pousse le monde et la chair.
Parfois mon courage chancelle ;
Je sens mollir mon faible bras ;
J'ai besoin que Dieu me rappelle
L'immense prix de mes combats.

Beaux lieux , où mes jeunes années
S'écoulèrent sans le savoir,
Objet de mes douces pensées,
Mon pays , ne plus vous revoir !...

Ne plus revoir une famille,
Des parents si chers à mon cœur !...
Tout doit donc sous votre faucille
Tomber, ô divin Moissonneur ?

Sous l'empire de la nature,
Longtemps en enfant je vécus,
Serrant à mon gré ma ceinture,
Comme autrefois disait Jésus.
Aujourd'hui d'une triple chaîne
Sur moi sont rivés les anneaux :
Suis-je esclave ? Non, je suis reine ;
Mes fers sont autant de joyaux.

Je suis pauvre, il est vrai ; sans cesse
Je dois travailler et souffrir ;
Ainsi du pain de la Sagesse
J'aurai le droit de me nourrir.
La nature voudrait sans doute
Dans le calice un peu de miel ;
Mais dirai-je qu'un travail coûte,
Quand ce travail me vaut le Ciel ?

Non, mon Dieu, de mon héritage
Rien ne me ravira l'honneur ;
Je l'espère au moins, et, pour gage,
J'ai votre grâce dans mon cœur.
Que dans sa fureur l'Enfer fasse
Tout ce qu'il voudra contre moi ;
Autour de la croix je m'enlace,
Chantant avec amour et foi :

LE VAISSEAU DE LA SAGESSE.

Longtemps mon âme, attachée au rivage,
Sur l'Océan craignit de s'exposer :
Pourquoi, disais-je, aller chercher l'orage ?
Heureuse ici, je veux m'y reposer.
Mais du vaisseau qui porte la Sagesse
Le Pilote divin m'a reçue à son bord ;
Je sens en moi sa grâce qui me presse,
Et je me dis : Partons, cherchons un meilleur port.

    ✝ Partons, partons,
Vaisseau fidèle !
Partons, partons ;
Dieu nous appelle !
La mer est belle ;
Partons, partons !
La mer est belle ;
Partons, partons !

De ma jeunesse image trop semblable !
Au bord des mers, voyez-vous cet enfant ?
Comme il travaille !... Édifice de sable,
Que tout à l'heure emportera le vent.
Moi, sur la plage où le monde s'agite,
J'occupais mon esprit à rêver le bonheur :
Triste plaisir ! Mes rêves passaient vite,
Et moi je restais seule avec mon pauvre cœur.
    ✝ Partons, partons, etc.

Conduis au large, a dit Jésus à Pierre ;
La foule ici nous presse de ses flots.

Ainsi faut il s'éloigner de la Terre ,
Quand pour son âme on cherche le repos.
Partons : la Foi, bien mieux que les étoiles ,
Guidera notre course au milieu des dangers ;
A l'Espérance ouvrons toutes nos voiles ;
Que la Charité règne entre les passagers.

De mon pays j'ai vu fuir le rivage ;
Je ne vois plus que le ciel et les mers ;
Et mon vaisseau, tout le temps du passage ,
Sera pour moi, lui seul, tout l'Univers.
Ainsi mon âme, à ce monde étrangère,
Sur Dieu seul désormais doit reposer mes yeux ;
Ainsi je dois n'avoir plus, sur la terre,
Pour trésor que ma Croix , pour abri que les Cieux.

Veillez sur nous , vous que , dans les tempêtes,
Le matelot n'invoque pas en vain ;
Lorsque la nuit s'étendra sur nos têtes ,
Brillez toujours, Etoile du matin !
Tendez vers nous , ô divine Princesse ,
Le sceptre que Jésus vous donna pour bénir ;
Faites qu'un jour, au port de la Sagesse
Toutes heureusement nous puissions parvenir !

DIEU SEUL !

Les hommes s'agitent sans cesse ;
Partout ils cherchent le bonheur :
Le plaisir, l'honneur, la richesse,
Tour-à-tour occupent leur cœur.

† Dieu seul! Dieu seul! Sainte devise,
Cri guerrier du cœur de Montfort!
Dieu seul! Ah! qu'aussi moi je dise :
Dieu seul à la vie, à la mort!

Tous les trésors qu'offre la terre,
Sont à mes yeux sans aucun prix ;
Pour trésor, moi j'ai mon rosaire,
Mon rosaire et mon crucifix.
   † Dieu seul! etc.

D'hommages être environnée,
Semble à d'autres le plus grand bien ;
Moi, ma gloire est d'être ignorée,
Ou de me voir compter pour rien.

On vous connaît, Beauté suprême,
Toujours trop tard, toujours trop peu ;
Désormais, dans tout ce que j'aime,
Je n'aimerai jamais que Dieu.

Sur moi, s'il le faut pour vous plaire,
Passez, Volonté du Seigneur,
Comme sur un grain de poussière
Passe le char d'un roi vainqueur.

A la mort, oui, comme en la vie,
Dieu seul! sera mon cri joyeux :
Je veux le dire à l'agonie,
Le redire en montant aux Cieux!!!

TABLE.

Pages.

FIN.

APPROBATION DE LA PREMIÈRE ÉDITION.

Nous avons lu avec édification un opuscule intitulé CANTIQUES ET CHANTS A L'USAGE PARTICULIER DES FILLES-DE-LA-SAGESSE ; nous y avons reconnu l'expression d'une tendre piété, et l'avons jugé propre à pénétrer de plus en plus nos bien chères filles, de l'esprit de leur sainte vocation, et à leur faire remplir, avec plus de fruit, les différents emplois auxquels elles s'appliquent déjà avec tant de zèle et de dévouement.

Luçon, le 17 Décembre 1850.

† JAC.-MAR-JOS. ÉVÊQUE DE LUÇON.

Nantes, Imp. de VINCENT FOREST, place du Commerce,

www.ingramcontent.com/pod-product-compliance
Ingram Content Group UK Ltd.
Pitfield, Milton Keynes, MK11 3LW, UK
UKHW020311130726
13696UKWH00003B/997